日常
nichi
arawi k
最初は日常

じゃん
けん
ゆっこ
みお
まい

阪本
はかせ
なの
ぽん！

日常の小説

原作:あらゐけいいち

椎出 啓

日常の小説

著：椎出 啓
原作：あらゐけいいち

角川文庫 16954

日常の小説

もくじ

口絵・本文デザイン：中デザイン事務所
口絵１枚目イラスト：原画／丸木宣明　彩色／高木理恵
口絵見開きイラスト：原画／西屋太志　彩色／今泉ひとみ　背景／鵜ノ口穣二

日常の「200円」
♪

「なのなのー！　せんとー行こうよ！」

「へ？」

夕飯の後片付けをしていたら、はかせが台所に飛び込んできた。

「せんとーいったらきっと楽しいよ！」

妙《みょう》にはかせは張り切っている。お鼻からムフーって息出してる。

でも。

「あの……はかせ、銭湯、ってどんなところか知ってます？」

「知ってるよ！　牛乳飲むところ！」

「違《ちが》います」

「え⁉」

「お風呂《ふろ》なんですよ。大《お》っきいお風呂」

「大っきい……？」

「ええ、大っきいんです」

「泳げる⁉」

「えーと……泳いじゃだめですけど、泳げるぐらい大っきいですよ、たぶん」

「泳ごう！」

「だから泳いじゃだめなんですってば、たしか」

「むー……」

むくれるはかせ。ぐずり出すと、後が大変だ。

「一緒《いっしょ》におっきなお風呂入りましょう。気持ちいいですよ、きっと」

たぶん、とか、たしか、とか、きっと、というのは、なのだって銭湯には行ったことないから。だってロボだもの。

「うん！」

どうにか、にっこりしてくれた。

「じゃあ阪本《さかもと》ー！　せんとーにしゅっぱーつ！」

嬉々《きき》として黒猫《くろねこ》の阪本さんを引っ摑《つか》んで、飛びだしていくはかせ。

「あ」

なのは、止め損《そこ》ねた。

「お嬢《じょう》ちゃん、猫はだめだよ」

「えーっ⁉」

銭湯の番台で、目が開いてるのか開いてないのかやっぱり開いてなさそうな、店番のおばあちゃんに、引き留められた。やっぱり。

「なんでだめなのー⁉　阪本もお風呂入りたいよねー⁉」

「猫が風呂入りたがるわけないだろ……」

はかせに抱《かか》えられた阪本さんは、ため息。

「そんなことないよね！　ね、なの⁉」

「ええっ⁉」

そんな、猫の話を、当の本人（本猫？）の前で、わたしに振《ふ》られても……！

動揺《どうよう》を隠《かく》せない、なの。けれども、はかせはそれに気づかず、同意を求めるあつーいまなざしを注いでくる。

助けを求めて、はかせに抱え上げられている阪本さんの方に視線をそーっと動かすと……

──否定しろよバカ！

こちらもあつーい視線を向けてきていた。

そう、たった一言、猫はお風呂嫌《きら》いなんですよ、といえばそれで。

それで終わるはずなのだ。

それではかせが聞き分けてくれるかどうかは、わからないが。
——ってそれじゃ問題解決してませんー！
そうなのだ。はかせが納得《なっとく》しない可能性だって、ある。
すっごい、ある。
めちゃくちゃ、ある。
この前聞いた北陸の方言だと……まんで、ある。……北陸の言葉、かわってる。
とにかく。はかせが納得するとは限らない。
——さ、阪本さん、わたしはなんと答えたらー!?
——ふつーに答えろよ、ふつーに！
視線だけでなのと阪本さんはやりとりする。
——でもでも、はかせが納得しなかったら、どーするんですか！
——そこを何とかするのが、おまえの仕事だろうが！
——でもだめだったら、お風呂ですよ阪本さん！　あっつーいお風呂ですよ！
——それが嫌《いや》だからおまえが何とかしろっつーとるんだろうがー！
——わたしに全振りしないでください！　阪本さんもがんばって！
——人に頼《たよ》るなー！

——それは阪本さんですー！

——おまえと俺とじゃ立場が違《ちが》うだろ！　俺が嫌だっていっても、猫のわがままで終わっちまうだろうが！

——そんなことないです！　一蓮托生《いちれんたくしょう》です！

——って、おまえは風呂《ふろ》に入りたいだけだろ！　俺は嫌だー！

——わ、わかりました！　何とかがんばってみます！

——おうっ！

そんなやりとりがあって、なのはゴクリとつばを飲んでから、はかせになるべく優《やさ》しく、語りかけた。

「あ、あのですね、猫はお風呂がきら……」

「阪本は、猫じゃないよ、家族だよ？」

——きらきらとした目でとんでもないことを言いやがったー!?

——どうしましょう、感動したらいいんですか、感動したらいいんでしょうか、ねえっ!?

——うちの子供がこんなに優しく育ちました、ってか!?　冗談《じょうだん》じゃねえ！　ちょっといい話じゃないですか視聴者《しちょう》の皆《みな》さんー、的な流れで風呂に入れられてたまるか！

——でも、はかせこんなに優しい子に！　こんなに優しいんですよ！

——猫を熱い風呂に入れるのは、虐待《ぎゃくたい》だーっ！

——で、でも熱いお風呂は気持ちいいんですよ！

——人間と猫じゃ感覚違うわい！

——でも足伸《の》ばすと気持ちいいんですよ！　しかも銭湯は広いらしいんですよ！

——おまえも人の話聞いてねえなっ！

——阪本さんもお風呂で足伸ばしてみたらいいんですよ！

——その前に溺《おぼ》れちまうだろ！

——大丈夫《だいじょうぶ》です！　支えててあげます！

——いらねえよ！　つーかおまえはどっちの味方だ⁉

——え、えーと……お風呂？

——それじゃだめだろーっ！

——いいじゃないですか、お風呂！

——猫は風呂に入らねーし入れねーって言ってんだよ！

——そうでした！　番台のおばあちゃんにそう言われたんでした！

——ええい、おまえは頼りにならん！　もういい！　俺が言う！

そんなやりとりを目線だけで交《か》わして、阪本さんは自分を抱《だ》きかかえてるはかせに、叫《さけ》んだ。

「いいかガキ、よーっく聞け！　猫《ねこ》は風呂に入らねえ！　その上、入れねえんだよ！　いまそこのよぼよぼのばあさんに……！」

叫んだけれど、それをはかせがさえぎった。

「おばあちゃん。おばあちゃんだよ、ばあさんなんて呼んじゃ、いけないんだよ」

「くそう、このガキまたちょっといいこと言いやがった！」

ぴくぴくとひげをふるわせて、阪本さんは歯ぎしりした。歯ぎしりっぽいものをした。ネコの骨格や歯の構造で歯ぎしりは難しいような気がするが……歯ぎしりした。

「ばあさんっていうほうがばあさんなんだからねっ！」

「そりゃ『バカって言う方がバカ』だよ！　違《ちげ》ェよガキ！」

「はかせちがってないもん！　ばあさんっていうほうがばあさんなんだもん！　むふー！」

「得意げに胸張って鼻息荒《あら》くすんなよっ！　違うっつーんだよ！」

「ちがってないもん！　ねー、おばあちゃんー？」

——このガキ他人に助けを求めやがったー！

「おやおや、こまったねえ」

——しかも全然困ってねーだろばあさんっ⁉　うれしそうな顔するんじゃねえよ！

「でも、猫はだめなんだよお嬢《じょう》ちゃん」

と、番台のおばあちゃんは、しわくちゃの顔でにっこり笑って……もしかすると笑顔《えがお》の形のしわだったのかも知れない……とにかく、にっこりと笑って、言った。

するとと、はかせは。

「そっかー、じゃあしかたないねー」

「って、何でそこであっさり納得《なっとく》するんだよっ!?」

「え、阪本、お風呂入りたかった？」

「俺は最初っからはいらねえって言ってるだろ！　つーか、さっきの『なんでだめなのー』はなんだったんだよっ！　あっさり引き下がりすぎだろ！　おまえには根性《こんじょう》ないのか!?」

「じゃあ、お風呂入る？」

「遠慮《えんりょ》するっ！」


というわけで、阪本さんは番台で待つことになった。


「じゃあ、おばあさん、お金払《はら》いますね」

「はいよ」

「じゃあ、はかせは子供料金ですね。わたしは、大人りょ……」

と、料金の書いてある看板を見て、なのは。

ぴたり、と止まった。

大人　400円
小人　200円
ねじ　200円

そして、叫んだ。

「ねねね、ねじってなんですかーっ⁉」

ねじ200円。

はっきり、そう、書いてある。

ねじがお風呂《ふろ》に入るのか？　たしかに疑問ではある。

だが、書いてあるってことは、この銭湯には、ねじが入りに来るのだ。

たとえばなののように。

「ああ、ねじのお客さんも久しぶりだねえ……」

「わ、わわわわたしはねじじゃないですよー!?」

「おや。でも背中」

「これはファッションですーっ！　ナウなヤングにバカウケのファッションなんですーっ！

お風呂入るときに服と一緒《いっしょ》にとりますからーっ！」

「はいはい。じゃあ、四百円ね」


小人＋ねじ＝200（円）＋200（円）＝400（円）

かしゃかしゃ、ちーん！

「だからねじじゃありませんってばああああ！」

半泣きのなの。

そこに、はかせが、胸を張って。

「なのはロボットなんだよ！　だから、ねじ！」

断言した。

言い切った。

きっぱりはっきり口にした。

「じゃ、四百円ね」

「ねじじゃないんですってばー……」

でも、四百円払って入ったけれど。

日常の「ファミレス」

う

これは、わたし（長野《ながの》原《はら》みお）と、ゆっこと麻衣《まい》ちゃん、三人でファミレスに行ったときのこと。

いやそもそも、なんでファミレスに行こうって話になったんだっけ。

はじめは、ハンバーガーでも食べようか、って言ってたはずなのに。

……

そうだ、思い出した。

おなじMでも『パソコンみたいな名前の店《マクドナルド》』と『双子が怪獣喚びそうな名前の店《モスバーガー》』のどっちにしようかってゆっこと話していて……というか言い合いになって。

だって『パソコン《マクドナルド》』と『怪獣《モスバーガー》』だったら、マヨネーズの量の多い『怪獣《モスバーガー》』で決まりでしょ!?

それを、ゆっこのやつが、

「クーポンで安くなる『パソコン《マクドナルド》』でしょ、ふつー？」

とか言い出して！

モスバーガーにもクーポンあるよ！　モッさんにあやまれよ！

筆者注　モッさん……モスバーガーのキャラクター

だいたい、この街のパソコンと怪獣《マクドナルド》《モスバーガー》が、道路挟《はさ》んで見える位置にあるのがいけないのよ！

どっちか片方なら、わたしとゆっこ、どっちかがあきらめればいいだけなんだから！

そこに、麻衣ちゃんが。

ああ、そうだ、麻衣ちゃんだ。こういうとき、というかいつもマイペースな麻衣ちゃんが、今回もやらかしてくれたんですよ、ええ！

「立ち飲み屋がいい」

何でそこで飲み屋なの!?　しかも立ち飲み屋!?　焼酎《しょうちゅう》に梅干し入れて、鯖《さば》の缶詰《かんづめ》で一杯《いっぱい》やろうってか!?

なんなのよそれ！　少なくとも女子高生の休日のお昼ご飯の選択肢《せんたくし》じゃないよそれ！

だからわたし、あきらめたよ。あきらめて、こう言ったのよ。

「じゃ、じゃあ、そこのファミレスにしようか。ファミレスなら、だいたいのものあるだろうし」

そう、そうだよ。和食も洋食もパスタもあって、だいたい文句出ないじゃない、ファミレスって。

ナイス判断！　と思ったよ、そのときは。

そしたら、ゆっこが。

「フライドポテトが食べたいのにー」

あるよ！　ファミレスにポテトちゃんとあるよ！　心配いらねーよ！

そしたら、麻衣ちゃんまでが。

「鰯《いわし》、ある？」

さすがにそれはしらねーよ！　鰯!?　鰯ですか!?　そりゃ鰯フェアでもやってりゃあるかもね！　でもそれってどちらかというと居酒屋とか回転寿司《ずし》でしょ!?

「と、とにかく、メニュー見てみたら、いいんじゃないかな？　食べたいものも載《の》ってるだろうし」

そ、そうだよ。いくら何でも食べたくないものばかりなわけないでしょ、きっと。

「ヒモ……あるかな」

とか麻衣ちゃんはまだ言ってたけど、とにかく、ファミレスに入ったわけよ。

って言うかヒモって何、それって貝のヒモのこと!?　それってどう考えてもおつまみだよね!?

でまあ、ファミレスに入ったわけ。

そしたら、入り口のチャイムがぴぽぴぽぴぽ～ん、とかなって、店員が出てきてさ。

「いらっしゃいませ。何名様ですか」

見たらだいたいわかると思うんだけど、三人って。でもまあ、連れが後から来る、ってこともあるだろうしね。

「一人と一人と一人」

ってなに言ってるのよ麻衣ちゃんー!? そんなに別行動したいわけさせたいわけー!?


「三人です、三人っ！」

あわてて訂正《ていせい》して、席に案内されたけど。

そういえば、禁煙《きんえん》席か喫煙《きつえん》席かって聞かれなかったよね。見た目からして女子高生だったから、禁煙席に案内されて。

「お水とおしぼり、椅子《いす》はドリンクバーにございます。ご自由にお使いください」

「あ、どーも……」


って、椅子おいてないんかい、この席っ！！！


確かにテーブルしかないわよ！ どこまでセルフサービス徹底《てってい》してんのよ！

「じゃあ、椅子とってこようか」

ここで珍《めずら》しく、ゆっこが気を利《き》かせてくれたんだ。

「んじゃよろしくー」

なんて、わたしも返事しちゃって。

しばらく待っていたら、手ぶらで駆《か》けてきて……

「普通《ふつう》の椅子と歯医者さんの椅子と王様の椅子があるんだけど！　どれにする⁉」

「普通の椅子でいいよ普通の椅子でー！　っていうか、王様の椅子とかどうやって運んでくるつもりよ⁉」

「あるんだからしょうがないでしょ⁉　一応聞かなきゃな、っていうわたしの優《やさ》しさだよ⁉」

「そんなやさしさノーサンキューだよ！」

というわけで、普通の椅子を持ってきて（取りに行ったよ！）、座ったところで、メニューを開いてみたら。

ハンバーグランチ　**時価**

時価ってどんなハンバーグだよ！　どんなすてきお肉使ってるわけ⁉　産地直送しめたてホヤホヤってこと⁉

「これで」

何でそれを頼《たの》んじゃうの麻衣ちゃん⁉

「じゃあわたしもそれにしよっかなー」

ゆっこ！　あんたもなんでそれに乗っかっちゃうの⁉

しかもわたしの方をちらちら見ながら言うな！　わたしもその時価ハンバーグを頼まなきゃいけない雰囲気《ふんいき》になっちゃうでしょうが！

「みおちゃんはどうする？」

だからちらちらと視線で訴《うった》えながら聞くなー！

わ、わたしはこんな得体の知れないハンバーグランチは絶対嫌《いや》だからね！

そう思って、メニューの次のページをめくってみると。

素《す》スパゲティー　時価

また時価だよ！　しかも素ってなに！　素うどんみたいなの⁉　具なしなの⁉　それどんなスパゲティーだよ！　夢も希望もないじゃない！

そんなお昼ご飯、絶対やだよ。そう思って、次のページを……

ショートケーキつかみ放題　時価

またかよ！　ホント時価好きだなこのファミレス！

っていうか食べ放題じゃなくてつかみ放題ってどういうこと！　つかむわけ？　にぎるわけ？　鷲掴《わしづか》みなの⁉

ケーキつぶれるでしょうが！！！

次のページ！

ドリンクバー　一杯《いっぱい》限り　時価

もうわけわかんねー！　ドリンクバーって飲み放題じゃなかったっけ⁉　一杯限りってそれバーじゃないよ！

ついでに時価だし！　いくらなんだよ⁉

……もう、メニューめくる気力なくなっちゃった……

「わ……わたしも、ハンバーグランチでいいや……」

日常の「ファミレス」2
れ

「さあってと！　何が来るかな！　楽しみだよね！」

いやいや、楽しみも何も、わたしたちが頼《たの》んだの、ハンバーグランチだよ……

ハンバーグとライスもしくはパン、それ以外に何が来るっていうのさ……

「……鰯《いわし》？」

だから！　麻衣ちゃんなんで鰯にこだわるの⁉　だったら鰯頼もうよ！

そんなことを言っているうちに、いよいよ、店員さんがお皿を運んできた……『時価のハンバーグランチ』……いったい何が来るのか、そりゃまあ、わたしだって気になる、というかすっごく心配……

「このお皿、通過いたしマース」

わざわざ断って通過しなくてもいいよ、このバカ店員！

「白線まで下がってお待ちくだサーイ」

白線どこ!?　どこにあるんだよ!?

「店員さーん……白線ってどこにあるのー?」

何でわざわざ聞くの、ゆっこ!?

「ここ、ここ」

って麻衣ちゃん白線まで下がってるしっ!　確かにテーブルの下のあたりに線引いてあるけどっ!　ずっとカーペットの模様かと思ってたよ!

「そっかー、じゃあそこまで……よっこいしょっと」

そういって、ゆっこは白線まで下がっていった。これで、『白線の前』にいるのは、わたしと店員さんだけ……

「……」

な、なんで、店員さんじーっとわたしを見てるの……？

「……」

見てる見てる、じっと見てる⁉

なにこれ、なんなのこれ！　もしかして、ひょっとすると、というかやっぱり、『わたしが白線まで下がるのを待っている』……の……？

三十二秒後、沈黙《ちんもく》と視線に耐《た》えられずに、わたしは『白線まで下がった』。

「このお皿、通過いたしマース！」

……この後、ハンバーグセットが来るまでに、四回『通過』した。

……なんか、もう、疲《つか》れちゃったよ……

日常の「電子化」

「おーっす、麻衣ちゃん。なに見てるの？」

「……電子書籍《しょせき》」

「でんしょせき!?　でんししょせきっつーと、伝書鳩《でんしょばと》の親戚《しんせき》か何か!?」

「……おしい」

「いやいやおしくないからっ！　それぐらいわたしも知ってるって！　ケータイとかパソコンで読む本でしょ？」

「……おおむね当たり」

「そっかー、麻衣ちゃんの読んでる本も、ついに電子化かー。こりゃー、あれだね！」

「……どれ？」

「トイレットペーパーの電子化も、時間の問題だね！」

「あ、あの、麻衣ちゃん……ごめん、ツッコんでよ……すぱーんっと、こーさー……いいんだよ？　いつもはわたしがツッコミだけどさ、鮮《あざ》やかーに突《つ》っ込んで……お願い……」

「……ああ、ボケだった？」

「ああああああああああああああっ」

ゆっこが駆《か》け出し、トイレの個室に閉じこもって、ひたすらトイレットペーパーをカラカラやったのは、言うまでもない。

カラカラ。

カラカラ。

カラ、カラン。

「あああああああああああああああっ」

し
日常の「密室」

窓から見える夕日が、そろそろ半分沈《しず》む頃《ころ》……だろうと思う。

思う、というのは、今ここからは、夕日も外も見えないから。

「ねえ、笹原《ささはら》。ちょっとは考えなさいよね」

ここにいるのは、二人。いらついた表情で壁《かべ》により掛《か》かっている立花《たちばな》みさとと、悠々自適《ゆうゆうじてき》な表情で跳《と》び箱の上に座っている笹原幸治郎《こうじろう》が。

「ふむ」

と返事はしたものの。笹原に、何か考えがあるわけでもない。

体育館の倉庫に閉じ込められた、この状況《じょうきょう》に、何か良い考えがあるわけでもない。

携帯電話《けいたいでんわ》はない。

みさとは、ケータイを鞄《かばん》の中に入れたまま、教室に置いてきた。

「笹原。あんたは?」

「うむ、当然持っている」

かぱ。

折りたたみのケータイを懐《ふところ》から取り出し、開くと。

「ちょっと⁉　電池切れってどういうことなの！」

「はっはっは。こやつめ、腹を空《す》かせおったようだな」

「充電《じゅうでん》ぐらいちゃんとしてなさいよね！」

こんなありさまで。

携帯電話があれば、すぐに助けを呼べただろう。

けれども、現実問題として、今はない。

仕方ない。笹原とみさとは、倉庫に二人きりであった。

「ああもう！　なんで笹原なんかと二人っきりで閉じ込められなきゃならないのよっ！」

閉じ込められてから、かれこれ、もう一時間である。

どこかから出ることは出来ないか、二人であちこち探した。

もとい。みさとは探したが、笹原は探してない。悠長に跳び箱の上に座っていただけだ。

誰《だれ》か近くを通らないか、二人でおーいとか叫《さけ》んでみた。

もとい。みさとは叫んだが、笹原は叫んでない。優雅《ゆうが》に跳び箱の上に座っていただけだ。

結局、一時間はそうやって過ぎてしまった。ここまで、みさとがぶち切れなかったのは、彼女にしてはずいぶん頑張《がんば》った……といえるだろう。

ほかのことならとても忍耐強《にんたいづよ》く我慢《がまん》できるのに、笹原が絡《から》むと、とたんにキレやすくなるみさとが、である。

そう。『今まで、ずっと別のことを我慢してきたのに。おくびにも出さなかったのに。』

「はっはっは。そう慌《あわ》てるな、立花みさと」

だから、相変わらず跳び箱の上に座ったままの——みさとは知っている。通学用の山羊《やぎ》に乗るときと同じ座り方だ——笹原がのんきにそう言ったときに、とうとう、臨界点を超《こ》えてしまったらしい。

「っ！！」

突然《とつぜん》みさとの制服の両袖《りょうそで》から、拳銃《けんじゅう》が飛び出し、手のひらに収まった。

次の瞬間《しゅんかん》には！

パパンパンパンッ！

二丁拳銃が笹原めがけて火を噴《ふ》く！

銃声がやんだ頃には、笹原は、跳び箱の上に突《つ》っ伏《ぷ》していた。なぜかおなじみの、真っ白い粉まみれである。

硝煙《しょうえん》が、今や密室となった体育倉庫に漂《ただよ》う。


「なんであんたはそんなに余裕《よゆう》ぶっこいてんのよっ！」


ぜえっ、ぜえっ、ぜえっ。

荒《あら》く息を吐《は》き出しながらも、みさとは、銃口を笹原から逸《そ》らさない。ぴくりとでも動いたら、もう一発お見舞《みま》いする所存だ。

所存だが、『あまり緊張《きんちょう》してもいけない。我慢できなくなる。』

いや、笹原は、動かない。

動かずに、言った。

「どうしてそんなに慌てているのだ。理解に苦しむ」

パパンッ！

動いてないが、撃《う》ってしまった。的になった笹原は、ぴくりとも動かない。

「慌ててなんか、いないわよっ！」

そう。『慌ててなんか、いないのだ、いないったら、いないのだ。』

「ああ、もうっ！　ほんと少しは考えなさいよねっ！」

ちょっとだけ硝煙の臭《にお》いの濃《こ》くなった体育倉庫に、みさとの声が響《ひび》く。『あんまり声を荒げるのは、良くないとわかってはいるのだけど。』

いや、考えろと言われても、あれだけ撃たれて考えるだけの余裕は、普通《ふつう》ない。

「うむ」

いや、むくりと、笹原は起き上がった。あれだけ撃たれながらも、いつものクールな表情――みさと曰《いわ》く「何も考えていないのよっ！」――で、首をひねる。

「立花みさと。先ほどから、なにやらもじもじしておらぬか？」

「してないわよっ！」

その瞬間、両手の拳銃は引っ込み、スカートの中からごとん、とカーキ色の筒《つつ》のようなものがこぼれて落ちた。

無反動砲《むはんどうほう》である。短めに折ったスカートの中のどこに、こんな物騒《ぶっそう》なものが隠《かく》れていたのか。素早《すばや》くそれを拾い上げ、熟練の手つきで、みさとは照準を定めた。ためらわない。

すどぉむっ!


至近距離《きょり》で、炸裂《さくれつ》。笹原はくるくると宙を舞《ま》い、倉庫の壁《かべ》にどしゃあ、とぶつかる。

「もじもじなんか、してないわよっ!」

そう。『そんなことしてない。内股《うちまた》すりあわせるような仕草なんて、していない。』

白煙の中、みさとは叫《さけ》んだ。

だが、それを聞いてないのか、笹原は——直撃《ちょくげき》を食《く》らったにもかかわらず——むくりと立ち上がり、傾《かたむ》いた眼鏡《めがね》を直した。

「もしや、立花みさと、貴様……おしっ」


ぶごぉんっ! べしゃっ、ぐしゃっ! ドドドドドっ! ちゅどぉんっ!

最後まで言えなかった。

ありとあらゆる携帯《けいたい》火器が火を噴いた。きりもみで床《ゆか》に落ちる笹原。携帯電話は持ってきてないのに、何で携帯火器は持ってきているのか。そんな疑問が一瞬《いっしゅん》笹原の脳裏《のうり》によぎったが……いや、それよりも。先ほど言いかけたことの方が重要なのではないか。そんな気がする。

ぜーっ、ぜーっ、ぜーっ……

持てる火力のすべてを、笹原にぶつけてしまったみさとは、しっかりと立っていた。『内ももがぷるぷる震《ふる》えて、立っているのも正直つらいが、座ってしまったら最後のような気がする。』

「ば、ばかぁ……じゃないの……ぉ……『そんなこと、あるわけない』でしょぉ……」

そう。あってはいけないのだ。

『実は、先ほどからお手洗いに行きたくてしょうがない』だなんて。

笹原に、そんなこと言えるわけがない。

言ったら、死ぬ。死んでしまう。死ぬより恥《は》ずかしいとかいう次元を超《こ》えて、即死《そくし》だ即死。

そんなの言うくらいなら、このまま我慢《がまん》できずに『最後の時』を迎《むか》えてやる。

いやいや、笹原の目の前で『最後の時』なんて迎えたら、それこそ死んでしまう。文字通りの『最後の時』だ。ラストタイムだ。ファイナルアンサーだ。

それならいっそ、おなかが爆発《ばくはつ》してくれた方がいい！

ゆっくりと立ち上がる笹原。

「我慢できな」

「うるさーいっ！」

どぉんっ！

「用を足し」

「だまれーっ！」

ばばばばっ！

その度《たび》に、みさとの悲鳴のような声と、銃声《じゅうせい》――時々砲声《ほうせい》――が体育倉庫の中に響く。

その火力を、壁にぶつければ、たやすく外に出られるような気もするが……

ついうっかり鍵《かぎ》をかけたことに気がついたフェっちゃんが、戻《もど》ってくるまで、あと三十二分。

なお、みさとはなんとかこの試練に打ち勝った。

日常の「こたつ」
よ

しん、しん、しんしん、しん。

しん、しん、しんしん、しん。

その日は、珍《めずら》しく、朝から雪だった。

このあたりだといつもは、降ると言っても、地面がちょっと白くなる、程度で、昼過ぎには融《と》けちゃうのだけども。

今日は朝からずっと寒くて、お昼を過ぎておやつの時間が近くなっても、雪は融けるどころか、降り続けていた。

東雲《しののめ》研究所の屋根も、雪で真っ白になっている。

けれども、お茶の間のあたりは雪が融けかかっている……ってことは、ストーブつけてて、そこの部屋だけ暖かいのだ。

その部屋では、はかせがテレビにかじりついている。

ほんとにガブリといってるわけじゃなくって、テレビのすぐ前で、じーっと画面を見ているのだ。

映っているのは、どこか北国だろうか、雪が降り積もった街。

「なのなのー！　すごいよすごいよ！　一晩で一メートル以上の『せきせつ』だって！」

ここら辺にも雪を降らせ続けてるぐらいの寒波だ。もっと雪の多い北国では、本当に一晩で一メートル以上降って、大騒《おおさわ》ぎらしい。

「こっちもそれぐらい降るかな⁉　降るかなあ⁉」

そこに、台所からなのが、お茶とおやつを持ってやってきた。今日のおやつはおせんべいとみかんだ。

「どうしたんですか、はかせ……って、そんなにテレビに近づいて見てると、目が悪くなっちゃいますよ？」

ちょっと顔をしかめるなの。だがはかせはそれには気づかず、興奮冷めやらぬ様子で、

「すごいんだよ！　一晩で一メートルだって！　すっごい降ってるんだって！　こっちにも降るかなあ⁉」

ぱたぱたとなのに駆《か》け寄った。

「そんなにすごいんですか？」

テレビの画像が東京のスタジオに切り替《か》わり、天気図を映しだしたのを見て、ああ雪の話な

んだ、と理解して、なのはこたつの上にお茶とおせんべいとみかんを置いた。

「すっごいんだよ！　雪がいーっぱい積もってて！　車が埋《う》まってるの！　家も埋まっちゃうよ！」

「そうなったら、大変ですね」

「そうなんだよたいへんなんだよ！」

とろとろ、とろとろ、とろとろろ
とろろこんぶは、ごはんにのせて
とろとろ、とろとろ、とろれとろ
れとろれっしゃは、よやくせい

「こたつって、あたたかいですねえ」

「なのー、みかんむいてー」

「はいー」

とろとろ、とろとろ、とろまぐろ

日常の「積雪一センチメートル」

えらく寒いなー、と思っていた、その日。お昼休みになってもちっとも外は暖かくならなくて、教室の窓際《まどぎわ》にあるヒーターに、わらわらとみんな集まっていた。

「このヒーターの隙間《すきま》にさ、レトルトのカレー突《つ》っ込んだら温まるよね？」

「ご飯はどうするの」

「それもレンジでチンするやつがあるじゃん、あれを一緒《いっしょ》に突っ込む……とか？」

「鯖《さば》カレーの缶詰《かんづめ》、おすすめ」

「それはさすがに無理じゃないかなあ、麻衣ちゃん」

そんな、どうでもいい話をしていた最中、なんとなく、ゆっこが空を見上げると。

ひら、ひら。

あるいは、
ふわ、ふわ。

そんな感じで、白いものが、見えた。そんな気がした。

「……？」

少し、目を細めるゆっこ。

なんだろう、もしかして。でも今年は暖冬とか言ってなかったっけ？

もう少し、よく目をこらして。

雨、じゃない。ゴミ、でもない。火山灰……じゃないよなあ。見たことないけど。

そう、あれは、きっと。

「うおおおっ、ゆ、雪だー！」

「えっ、ほんと!?　リアルに!?」

「うん、降ってる」

みおも身を乗り出す。両サイドでまとめた短い髪《かみ》の毛が、ぴこんぴこんと動き出しそうだ。

麻衣は気がついていたらしい。いつも通りの仏頂面《ぶっちょうづら》だが、なんとなく、瞳《ひとみ》の動きがせわしないような……やっぱり気のせいかも知れない。

「雪だよ雪！　積もるかな！　雪だるまとかかまくらとか！」

「いやー、それは無理でしょゆっこ」

「かまくらで……餅《もち》焼いて、烏賊《いか》あぶって、熱燗《あつかん》を一杯《いっぱい》」

なにやら渋《しぶ》いことを言い出した麻衣。やっぱりうれしい、らしい。

教室の中で、ヒーターのそばに集まっていた生徒たちが、程度の違《ちが》いはあれ、わいわいと騒《さわ》

そこに、パックの牛乳……すいか牛乳、と書かれている。おいしいんだろうか……パックの牛乳を手にしたなのが、
ぎ出した。

「どーしたんですか？」

と言いながら、教室に入ってきた。

ずいぶんとテンション高くなってきたゆっこに、飛びつかれた。

「雪だよ、雪！　雪降ってきた！　ひゃっほーい！」

「え、え、え!?」

「もー、にぶいなあ、なのっちは！」

「なの……っち？」

そんな呼ばれ方するとは思わなくて、なのはぱちくりと目をまたたいた。

「ほらほら見てよ！　雪降ってるんだよ！　すごいー！　雪ー！」

ゆっこのテンションはどんどん上がっていく。

「は、はあ、雪、ですねえ」

一方のなのは、あんまりテンション変わらない。

実は、このとき頭の中では、

――はかせもこんな風にはしゃいでるのかなあ……っていうか、はかせと相生《あいおい》さん、同レベル……？

なんてことを考えていた。

そんなこと、考えているから。

次の、ゆっこのアクションに、反応できなかった。

「いよーっし！　雪合戦だーっ！」

「え、ええっ!?」

なのの手を引っ張って（幸い外れなかった）、廊下《ろうか》に駆《か》け出すゆっこ。

「ちょっと待ちなよゆっこ!?　昼休みそんなに時間残ってないよ！」

と、止める叫《さけ》びを上げながら、みおも走り出す。

止めようとしている割には、笑顔《えがお》だ。いつの間にか手袋《てぶくろ》までしている。

雪合戦、やる気満々だ。

「あ、あの、ちょ、ちょっとー!?」

あわれ、なのはテンションＨＩＧＨなゆっことみおの雪合戦に、つきあわされることとなった。

「うん。こういうときは、雪見酒」

麻衣は、ヒーターでぽかぽか温まっていた。友人のハイテンションとそれに巻き込まれた友人の不幸は、超《ちょう》スルーである。

その手には、いつのまにか、さっきなのが持っていた、パック牛乳……すいか牛乳……が、握《にぎ》られていた。

熱燗じゃないけど、コレで我慢《がまん》するつもりらしい。

雪が、降ってきた。

日常の「積雪二センチメートル」

雪が、降ってきて。

つかの間の雪合戦を満喫《まんきつ》したゆっことみお、それに巻き込まれたなのが教室に戻《もど》ってきて、授業が始まろうとしていた、そのとき。

「だっ、だれよっ、靴下《くつした》をヒーターの上に置いたのはあああ!?」

ボイラー室で暖められた蒸気が各教室に送られ、部屋の中で暖房《だんぼう》として放熱するための、銀色のヒーターのうえに、びしゃびしゃの白い靴下が。

ヒーターの熱で温められ、生乾《なまがわ》きになりつつある。

「あ、それわたし。さっきの雪合戦で濡《ぬ》れちゃってさー、あはは」

ゆっこだった。

「濡れちゃってさー、あはは……じゃないわよっ！　アホかあんたはっ！」

みおが激しく怒鳴《どな》る。

「アホって何⁉　ヒーターの上に置いときゃ乾《かわ》くじゃん！　あたまいいじゃん！」

「よくないよ！　臭《にお》いがしちゃうでしょうが！」

たしかに。

ヒーター→熱→濡れた靴下→水分＋臭《くさ》い成分
ってかんじで、水分とともに靴下の中の臭い成分が、空気中に放出されつつあった。

教室の、空気中に。

つまり。


くさい。


「バッカじゃないの⁉　バーカバーカ！」

「バカって何さっ！　ノーベル賞ものの発明でしょうが！」

「ノーベルバカ賞よ！　バカ！」

水分＋臭い成分の中で、ゆっことみおの醜《みにく》い言い争いが、エスカレートしつつあった。

そんな中。

「これ」

と、百円玉をなのに手渡《てわた》す麻衣。

「え？」

「牛乳、勝手にもらった」

どうやら、さっき飲んだパック牛乳……すいか牛乳……の代金らしい。

「ごちそうさま」

「え、あ、いえ、お粗末様《そまつさま》です」

ぺこんとお辞儀《じぎ》して、受け取った百円玉を、がま口にしまう。

「ああいう味も、アリだと思う」

「そ、そうですか。それはよかったです」

醜い言い争いを遠目に見ながら、なのと麻衣はパック牛乳……すいか牛乳……に思いをはせる。

――何で学校の自販機《じはんき》で売ってるんだろう……

雪が、また少し積もった。

日常の「積雪二十五センチメートル」

ちょっと、お昼寝《ひるね》をしていた。それだけのつもりだった。

しかし、はかせが目を覚ますと、なんと雪はまだ降り続いていた。

「⁉⁉⁉」

真っ白い。

家のどの窓から見ても、外が真っ白い。

縁側《えんがわ》から庭を見ても、庭も真っ白い。

地面も！

隣《となり》の家の屋根も！

ついでに空も！

まだらの白だ！　雪はまだ降っていて、分厚い雪雲と、微妙《びみょう》なコントラストで空を覆《おお》っている！

それに、静かだ！

いつもは耳を澄《す》ませば、車の音、テレビの声、電車の音、おばちゃんの声……何かしらが聞こえてくるのに！

すっごい、静か！

それなのに、なにか耳に、じんわりと聞こえてくる！

しーん、という音が！　しんしん、という音が！

こんな景色も、音も！

はじめて！　はかせは、初めての経験だった！

だから。

「さ……阪本ーっ！」

叫《さけ》んだ。叫んで呼んだ。縁側を、居間を、台所を、階段を走り回って、叫んで。

「阪本阪本阪本阪本ーっ⁉」

ようやく阪本さんを見つけた。こたつの中。

すでに阪本さんは、自らの中の眠《ねむ》れる野性でこの寒波を察知して……ようするに寒くてたまらず、さっさとこたつの中の住人になっていたらしい。

「なんだようるせえな……」

せっかくうとうとしてたのに。

不満を隠《かく》そうともせずに答える阪本さん。それでもちゃんと起き出してくるあたり、律儀《りちぎ》である。

「雪だよ雪！　雪降ってる！　つもってる－！」

大興奮のはかせが、こぶしを突《つ》き上げて叫ぶ。

そう、雪だ！　雪なのだ！　しかも、積もってる！

それなのに！

「うるせえよっ！　雪なら猫《ねこ》はこたつで丸くなるだろうがっ⁉」

阪本さんは、いきなりキレた。

あ……いや、たしかに。

雪が降ったら猫はこたつで丸くなるものである。あるんだけど。

しかし、そんなの一向に気にせずに、ハイテンションなはかせは、こたつにもどろうとする阪本さんを抱《だ》きかかえ、引っ張り出そうとする。

「なんでっ⁉　雪なんだよー！」

「やめろーっ！　俺を童謡《どうよう》の通りこたつに戻《もど》せーっ！」

「雪なんだよー！　雪だから阪本も出なきゃダメーっ！」

「だから昔っから猫は寒いのが嫌《きら》いでこたつが好きなもんだろうがーっ！」

「だってだって！　真っ白だよ！　雪、雪、雪！」

「いちいちうるせえよ！　雪は白いもんだろうが！　赤かったらえらいこったろうが！」

たしかにそうである。

「いいからー！　いいから阪本も雪見てーっ！　見ようよーっ！」

「って、ガキっ！　首しめるなっ！　抱きかかえられるのも嫌いだが、首しめられるのはもっと嫌いなんだっ……！……ぐぇえ……」

最後の方は怒鳴《どな》り声と言うよりは断末魔《だんまつま》になってきた阪本さん。

「とにかくー！　すごいんだよー！　見ようよー、雪見ようよー！」

それでもなお、はかせは引っ張り続けた。阪本さんを。というか、阪本さんの、首、か。

「し、死ぬ……雪見る前に……お星様になっちまうだろうが……はなし、やがれ……」

「だめーっ！　雪見るのー！　雪ー！」

ここにいたり、阪本さんは観念した。

というか、死ぬ。ホントに死んでしまう。うんと言わなければ、この無分別な人間のガキのせいで、お星様になってしまう。

「わ、かっ……ら、はな……しやが……」

もう言葉にもならなかったが、その意味ははかせに通じたらしい。

「ほら、縁側行くよー！」

「ぐえぇぇえぇぇぇえっ……！」

さらに力込めて、引っ張られた。

やばい、これはマジやばい、お星様どころじゃねえ。

いよいよ覚悟《かくご》を決めた阪本さん。だけれど、縁側《えんがわ》はすぐそばだった。ぱっ、とはかせが手放して、ようやく阪本さんは自由に呼吸が出来るようになった。

ひーっ、やべえっ、ホントにくびり殺されちまうかと思ったぞっ⁉　とんでもねえことしやがるガキだ！　あー、空気っ！　酸素っ！　うめえっ！　空気うめえっ！　二酸化炭素や窒素《ちっそ》すらうめえっ！　アルゴンっ！　アルゴンって何かしらねえけど、アルゴンもうめえっ！　空気うめえっ！

空気のうまさに感動する、阪本さん。

そのうまさは格別だったが……ふと気づいた。

「……ん？　何だ、えらい、静かだな……？」

阪本さん、耳を澄《す》ます。ひこひこ。ひこひこ。耳を動かす。元来猫である——というか、今だって猫以外の何者でもない阪本さんは、人間よりも優《すぐ》れた聴覚《ちょうかく》を持っている。その耳を、ひこひこ動かす。ひこひこ。

静かだ。

いつもならうるさくてしようのないはずの、人間の世界が。

静かだ。静かすぎるくらい、静かだ。

静かなんだけど、何か音が聞こえる。

何だ、何の音だ。何の？

「雪の音かなっ!?」

バカな、何言っていやがるガキが。雨の音は知っているが、雪の音なんて聞いたことねえ。

そう考えて……阪本さんは、ふと気づいた。

もしかして、これが、その雪の音なのか？

静かすぎる音だ。しーんという音か、それともわーんわーん（もちろんあの忌々《いまいま》しい犬の鳴き声なんかじゃない）という音か。

ふと、見上げてみる。

空からは、ただひたすらに、雪が降り続けている。いったいどれくらいの速さで落ちてきているんだろう。

雨よりは遅《おそ》そうだ。鳥よりは速そうだ。だけれども、元来猫である――どう見たって立派な猫である阪本さんの目をもってしても、雪の落ちる速度がどれくらいなのか、わかりかねた。速いようにも見える、遅いようにも見える。わからない。

よくわからない雪が、よくわからない音を伴《ともな》って、よくわからない速さで、降ってくる。積もってくる。

「これが……雪か」

「すごいよっ、雪だよ雪！」

「これが、雪か……」

と、つぶやいた、次の瞬間《しゅんかん》。

「ゆきーっ、ひゃっほーっ！　ばーんっ！」

「バカガキっ、飛び込むなーっ！」

庭に積もった雪の中に飛び込んでいったはかせを助けるべく、阪本さんも飛び込み。

ごぽっ。

　ふたりで、雪に埋《う》まった。

　運良く授業打ち切りで帰ってきたなのが、助けてくれるまでの二十分間。雪の楽しさと恐《おそ》ろしさを庭で満喫《まんきつ》する羽目になった。

日常の「むかしばなし」

むかしむかしのことでした。あるところに、おじいさん役の阪本さんと、おばあさん役のながいました。


「ちょっと待てっ！　ジジイ役かよ！」

「まあまあ、いいじゃないですか阪本さん」

「娘《むすめ》！　おまえも女子高生だろうが！　ババア役でいいのか⁉」

「んー、よくはないですけど、どうせチョイ役ですし」

「ぶっちゃけやがったな」

　ある日、おじいさんは山に柴刈《しばか》りへ。

「くそう、重労働だな」

　でもこれでおじいさんの出番は終わりです。

「終わりかよ！」

おばあさんは川へせんたくに出かけました。

「ふむ。これはアレか、桃太郎《ももたろう》って昔話か？」

「たぶんそうですねー」

おばあさんがコインランドリーで洗濯物《せんたくもの》を乾《かわ》かしていると、

「ちょっと待てい！　何で昔話でコインランドリーなんだよ⁉」

「そうです！」

「そうだ、娘！　お前も言ってやれ！」

「コインランドリーの乾燥機《かんそうき》は高いんですよ！　お日様で干した方がふかふかでいい匂《にお》いになりますし！」

「違《ちが》うだろ！　そんな話じゃないだろ！」

「あれ？」

川から、大きな桃が、どんぶらこーどんぶらこー。

「そこはちゃんと昔話どおりなのか」

「みたいですねー」

「じゃあなんでコインランドリーなんだよ。おかしいだろ！」

おばあさんは、その大きな桃を持ち上げようと、ひっぱりました。

「う、うわっ、この桃すっごく重たいですよ！」

「なんとか頑張《がんば》れ。俺はもう出番終わっちまってるからな」

「阪本さん冷たい！」

うんとこどっこい、どっこいしょー！

けれども桃は持ち上がりません。

「おいっ！　『おおきなかぶ』が混じってるだろうが！」

「ど、どうしましょう⁉」

「『おおきなかぶ』ならジジイをババアが引っ張るんだが」

「じゃあ手伝ってくださいよ、阪本さん！」

「でも俺の出番、終わっちまってるからなあ」


なんとかがんばって、おばあさんは家まで大きな桃を、

「おう、ご苦労だったたな、娘」

転がしてきました。


「って、桃を転がしたらダメだろうが！」

「え、だ、だめですか⁉」

「考えても見ろ！　この流れだと、どう考えても桃太郎役はガキだろうが！　中で目ェ回して

るぞ！」

「ええっ⁉　どどどどど、どうしましょう⁉」

「と、とりあえず桃を開けちまえ！」

「はい！」

おばあさんが桃を切ると、中からかわいいかわいいかわいい男の子が、

「ちがうよ！　はかせ、おんなのこだもん！」

「まあまあはかせ、昔話ですから」

かわいいももたろう役のはかせが出てきました。

「これならどうですか、はかせ」

「かわいい⁉　はかせかわいい⁉」

ももたろうはすくすくと大きくなりました。

そんなある日、ももたろうはおばあさんに言いました。


「なのー、なのなのー！」

「どうしましたか、はかせ、じゃないももたろう？」

「はかせ、いまから鬼《おに》ヶ島《しま》に鬼退治に行ってくるよ！」

「ええっ!?　大丈夫《だいじょうぶ》ですか？　一人で行けますか？」

「だいじょうぶだよ！　はかせ大人だもん！」

「それなら仕方ないですね。気をつけて行ってくるんですよ」

「うん！　じゃあなの、おやつちょうだい！」

「……大人って言ったじゃないですか」


それでもおばあさんは、ももたろうに手作りのキビ団子をわたしてあげました。

「なの！　おかわりー！」

速攻《そっこう》食べちゃいました。

「だめですよはかせ！　キビ団子はあとでお供に渡《わた》すんですから！」

「えー、でも今お供いないしー」

「これから出てくるんです！　ももたろうはそういうお話なんですから！」

「じゃあ、おかわりちょうだい」

「もう……いいですか、すぐに食べちゃダメですよ」

「わかったー！」

おかわりのキビ団子をもらったももたろうは、さっそく鬼ヶ島にむけて出発しました。

「さあ、おやつー！」

「だから食べちゃダメですってばー！」

「うー……」

今度は我慢《がまん》して、ももたろうは、鬼ヶ島へと歩いていきます。

すると、そこにさるが現れました。

「うっきー……」

「あ、サメの絵のひと！」

明らかにやる気のなさそうな、さるの麻衣でした。

「キビ団子、食べる？」

「チーズかまぼこ、持ってるから……」

遠回しに断ってきました。ももたろうのお話を崩壊《ほうかい》させるつもりでしょうか。

「じゃあじゃあ！　この彦五十狭芹彦命《ひこいさせりひこのみこと》の木彫《きぼ》り人形あげるから！」

「……のった」

彦五十狭芹彦命とは、吉備津彦命《きびつひこのみこと》とも言われる、ももたろうのモデルとなった日本神話の人物です。つまり、ももたろうは自分のフィギュアでさるをお供にしたということになります。

「はかせ、よくそんな長い名前を噛《か》まずに言えますね」

出番の終わったおばあさんは、舞台袖《ぶたいそで》でうんうんと頷《うなず》いています。

さて、さるをお供にしたももたろうが、元気よく鬼ヶ島に歩いて行くと、その途中《とちゅう》で、今度はいぬが現れました。

「……………!」

「……………!」

しかも、戦っています。

しかと、戦っています。

いぬ役の校長先生が、役をほっぽり出して、しかと戦っています。校長先生、出番ですよー!

「はあっ!」

ローキック！

四つ足のしかに、ローキックで攻め立《せ》てるいぬ（校長先生）。

「な、なんでしかと戦ってるのー⁉」

このおじさんが校長先生だと知らないももたろうは、あわてるばかり。

たしかに、町中でいぬとしかが戦っていたら、誰《だれ》だってびっくりします。

「大丈夫《だいじょうぶ》。いつものことだから」

けれども、さるは冷静でした。学校で見慣れた光景なので、別に気にしていません。

「しばらく、待とう」

そう言って、チーズかまぼこの包装をはがし始めました。カップ酒を持っていたら、そのまま一杯《いっぱい》やり出しそうな勢いです。

かぱっ。

持っていました。

このさる、カップ酒持参です。チーズかまぼこで、一杯やり始めました。

「はかせもー！　はかせもチーズかまぼこ食べたいー！」

「ん」

もう一本チーズかまぼこを取り出して、ももたろうに手渡《てわた》す、さる。

「そっちもー！」

「これは、お子様にはお薦《すす》めしない」

かわりに、どこからか4．5牛乳を取り出してきました。

「おおー！　よんてんご！　よんてんご！」

「クーラーボックスに入れてきた。冷えてる」

ずいぶんと準備のいいさるです。

さて、こうしてももたろうとさるがくつろいでいる間にも、いぬとしかの戦いは、続いていました。

「はあっ！」「たあっ！」「ぬうっ！」

……

なかなか、決着がつきません。

そうこうしているうちに、日も暮れてきました。

「ねえー、はかせ、もうあきたー」

とうとう、ももたろうがぐずり始めました。

「たしかに」

さるは初めっからやる気がありませんが、もう帰る気満々です。

観衆《ギャラリー》のブーイングに気がついたいぬは、この長い戦いに終止符《しゅうしふ》を打つことにしました。

しかし、自分の体力ももう限界。

日々の生活の中で、可能な限り体力維持《いじ》に努めてきたつもりでしたが、この長丁場は想像以上に体力を消耗《しょうもう》していました。

けれども、ここでももたろうにいぬの優秀《ゆうしゅう》さを見せつけなければなりません。負けるわけにはいかないのです。

いぬは、一か八《ばち》かの大技《おおわざ》にすべてをかけることにしました。

ジャパニーズ・オーシャン・サイクロン・スープレックス。

女子プロレスラー豊田真奈美《とよたまなみ》のスペシャルホールドです。というか、人間相手に使う技です。しかに掛《か》けることが出来るのかは謎《なぞ》です。

「むうん！」

しかし、いぬはあえてその技に挑《いど》みました。

相手の腕《うで》（しかなので前足です）を体の前で交差させて、後ろからその腕（足ですね）をつかみ、相手の体をそのまま肩車《かたぐるま》して……後ろに倒《たお》れ落とす！

「ぬあああああああ！」

渾身《こんしん》の気合いとともに、しかの体を大地に叩《たた》きつけようとする、いぬ。

そのとき。

ごきり。

いぬの腰《こし》から、すごく嫌《いや》な音が、しました。

どれだけ嫌な音だったかというと。

「ひいっ⁉」

ももたろうが、思わず目を閉じるくらいの嫌な音です。

しかの体が大地に叩きつけられますが、いぬもまた、倒れてしまいます。

ジャパニーズ・オーシャン・サイクロン・スープレックスは、ホールド技ですから、このままブリッジをして相手をフォールしなければならないのですが、もはやそれどころではありません。

悶絶《もんぜつ》する、いぬ。

「た、大変です、救急車ー！」

舞台袖《ぶたいそで》のおばあさんが、急いで一一九番通報します。

十数分後、駆《か》けつけた救急車に乗せられて、いぬは病院に行ってしまいました。

「……いぬ、いなくなっちゃったね」

「……まあ、いなくてもなんとかぎりぎり、ももたろうは成立すると思う」

しません。ぎりぎり、アウトです。

しばしの審議《しんぎ》のあと、代役が立てられました。

「ちょっと待てっ！　猫《ねこ》に犬の代わりやれってのは、無茶《むちゃ》すぎるだろ⁉」

おじいさん役が終わってほっとしていた阪本さん、まさかの二役で再登場です。

「大丈夫《だいじょうぶ》。ぎりぎりセーフ」

「なんの保証にもなってねえよ、眼鏡《めがね》女子⁉」

セーフ、の仕草をするさるに、クレームを入れるおじいさん改めいぬ。

そんなハプニングもありましたが、ももたろうと、お供のいぬ、さるは、どんどん鬼ヶ島に向かって歩いて行きました。

すると、今度はそこに、きじが現れました。

「え、えーと、きじですっっっ、ももたろさんももたろさん、きびだんごくださいなっっっ」

ずいぶんと一生懸命《いっしょうけんめい》な、きじ役の桜井《さくらい》先生です。もちろん、ももたろうの目線までかがみ込んで、キビ団子のおねだりです。

「イナフッッッッッッッッッッッッッッッッッ！」

舞台袖から、魂《たましい》の叫《さけ》びが聞こえます。でも高崎《たかさき》先生の出番はありませんので、次に進みます。

「うん、あげるよー！」

「わーい、ありがとうございますっっっ」

さるやいぬの時が嘘《うそ》のように、スムーズにきじはお供になりました。

こうして、ももたろうはさる（やる気なし）、いぬ（代役）、きじ（一生懸命）をお供にして、いよいよ鬼ヶ島に到着《とうちゃく》したのです。

《ようこそおにがしまへ　おかえりはあちら》

歓迎《かんげい》しているんだかいないんだか、よくわからない歓迎幕が、港風に揺《ゆ》れています。

「……かえったほうが、いいのかなあ？」

歓迎幕（？）を見上げたももたろうが、心細そうにつぶやきます。というか、すでに足はお帰りの方向に向いています。もう帰るつもりです。

「こわい？」

隣《となり》のさるが、なんとなく聞いてみます。けれども、こんな聞き方をされて、怖《こわ》いと正直に答える人は、そんなにいません。

「べ、べつにこわくないもん！　はかせ大人だし！」

どどーんと勇ましく言い切るももたろう。でも、足はお帰りの方向のままです。

「無理しないでも、もっと大きくなってからでも、いいと思うんですよっっっ」

きじが一生懸命に励《はげ》まします。でも、あんまり励ましになってないような気もします。

「じゅうぶん大きいもん！」

「無理すんな、ガキ。小便ちびる前に帰るぞ」

いぬ（猫ですけど）が、とどめを刺《さ》します。こんな言い方されて、帰る子はいません。

ももたろうは、意を決して、足をお帰りの方向からずらしました。

「い、いくもん！　鬼退治《おにたいじ》行くもん！」

ばばーん。
覚悟《かくご》を決めたももたろうは、いよいよ、鬼のすみかへ……

「さ、阪本が先頭に行くといいよ！」
「バカヤロウ！　何で俺が先頭なんだよ！」

鬼のすみかへ、いぬを先頭に、踏《ふ》み込みました。つぎがきじ、さる。最後にももたろうです。

「なんで一番最後なんだよ！　ももたろうだろーが、おめーは！」
「まあまあ、ねこちゃん。相手は子供ですしっっっ」
「今の俺はいぬ役だよ！」

そんな話をしていると、そこに、鬼が！

「む。ようやく吾輩《わがはい》の出番か。まちかねたぞ」

そこには、執事《しつじ》に缶入《かんい》り紅茶をカップに入れ直させてくつろいでいる、鬼役の笹原がいました。

「くつろぎすぎよっ、あんたはっ！」

そんな叫《さけ》び声が、舞《ぶ》台袖《たいそで》から聞こえたかと思ったら。

ちゅどーんっ！

パンツァーファウストの着弾音《ちゃくだんおん》！　旧ドイツ軍で一九四四年に正式採用された、60型です。その名の通り射程距離《きょり》は六十メートル。二百ミリの装甲《そうこう》を貫《つらぬ》く威力《いりょく》がある、無反動砲《むはんどうほう》です。というか、歩兵が、戦車などを相手にするときに使う代物《しろもの》で、鬼退治の時に使うものじゃありません。

ましてや、クラスメートに向けていいものではありません。

もうもうと立ちのぼる黒煙《こくえん》。さすがに、その煙《けむり》の向こうに、人や鬼が立っている様子は、ありません。

「……」
「……」
「……」
「……っっっ」

というか、ももたろう一行、何もしていませんが、鬼は倒《たお》されてしまったようです。

「え、えーと……っっっ」
「あっ、悪は滅《ほろ》びたっ、それでいーじゃねーかっ!」

あまりの展開に困惑《こんわく》する、きじといぬ。
ももたろうに至っては、あまりの衝撃《しょうげき》映像っぷりに、まだ目が点のままです。
そこに、さるのいまいちやる気のない声が。

「えい、えい、おー」

こうして鬼は退治されたのでした。めでたしめでたし。

「……えい、えい、おー……？」

麻衣が目を覚ますと、すでに朝だった。

どうやら、机に向かったまま、寝《ね》てしまっていたらしい。

「……朝？」

必ず一人一つは学園祭のクラス出し物の案を考えてくること、とホームルームの時にいわれて、一応考えておこうと思って机に向かって、寝てしまったようだ。麻衣にしては、ずいぶんと珍《めずら》しいことである。

立ち飲み屋、イングリッシュ・パブ、百歩譲《ひゃっぽゆず》って立ち食いそば。

このあたりが妥当《だとう》だろうと考えていた……と、そこまでは覚えているが、どうやらそのあと寝てしまったのだろう。

だが、いま見ていた夢は、それとはほど遠いような気がする。

「……一応、演劇も入れておこう」

か

日常の「手紙」

六

「[illegible]の[illegible]」

「んあ?」

ぽかぽか暖かい午後の授業中。

危《あや》うくよだれ垂らしそうな感じで、こっくりこっくりしていたゆっこの目の前に、手紙が差し出された。

前の席に座っているみおが差し出しているのだ。

もちろん授業中。振《ふ》り返ったりなどはしない。

リレーのバトンを受け取るときのような感じで、右手をゆっこの方に差し出している。

その手に、ノートの切れ端《はし》を使って書いた手紙がある。きれいにたたんで、表には『麻衣ちゃんへ』と書いてある。

——麻衣ちゃんへ、だと……?

麻衣はゆっこの隣《となり》の席。みおから見れば斜《なな》め後ろ、ということになる。

斜め後ろに手を伸《の》ばすのは難しい、ので、真後ろのゆっこを中継《ちゅうけい》しよう、ってことなんだろう。

——うんうん、そーだよね、授業中だもの、あんまり目立つようなことしちゃだめだよねえ。

さっきまでよだれ垂らして寝《ね》ていたくせに——そう、訂正《ていせい》しよう。よだれ垂らしそう、じゃない。ゆっこは『完オチ』してた。寝てた。超爆睡《ちょうばくすい》してた。いびきもかいてた。それで怒《おこ》らない桜井先生も桜井先生だけど……まあ桜井先生はいつも一生懸命《いっしょうけんめい》だから、いいのだ。

とにかく。

自分のことを棚《たな》に上げて、ゆっこはそんなことを考えつつ、手紙を受け取り……

おもむろに、開いた。

——だって！　だってだって！　二人で内緒話《ないしょばなし》なんて、わたしがつまんないでしょ!?

本人以外は……特にみおは絶対つまらないだろう理由で、ゆっこは手紙を開いた！

いわゆる封筒《ふうとう》ではなく、メッセージを書いた紙を裏返して折りたたみ、そこに宛名《あてな》を書いたタイプの手紙を、ぴらぴらと開いていくゆっこ！

そこには！

「白紙かよ!?」

立ち上がり、声を上げつつ、手紙を床《ゆか》にたたきつけるゆっこ。

「……あ、あの……相生さん、ど、どうしたのかなっっっ？」

突如《とつじょ》として吠《ほ》えた教え子を、優《やさ》しく一生懸命な瞳《ひとみ》で見つめる、桜井先生。

「あ、えーと、その、つまり……」

クラス全員の注目を浴びる、ゆっこ。

「つ、つまりですね……！」

「つまり……っっっ？」

「……ろーかに行ってまいりますっ！」

「え、え、え……っっっ!?」

答えに詰《つ》まって、そんなことを言ってしまったゆっこ。言葉の通り、すたすたと廊下《ろうか》に向かっていく。

「あ、あの、相生さん……っっっ？」

ゆっこは廊下に出て行ってしまった。

がらがら、ぴしゃん。

あっけにとられる桜井先生。いつものように、一生懸命そうな顔で、しばし何かを考えて……

…

「じゅ、授業続けますねっっっ」

——あ、考えるのやめちゃった。

——仕方ないよねえ、ゆっこ相手じゃ。

クラス全員がそう思いつつ……桜井先生は、華麗《かれい》にスルーした。


いや、全員ではない。

一人、机に突《つ》っ伏《ぷ》して絶句していた少女がいる。

彼女はゆっこの前の席に座る……つまり、みおだった。

——な、なにやってんのよゆっこは⁉　つーか普通《ふつう》、他人宛の手紙開いて見ちゃう⁉　っていうかわたし、本文書いたのと別の紙に宛名書いて回しちゃった⁉


たしかに。よくよく見れば、肝心《かんじん》の本文を書いた手紙は、机の上にある。

ってことはつまり、『なぜか白紙の紙を丁寧《ていねい》にたたんで裏に宛名書いてゆっこ経由で麻衣に渡《わた》そうとした』ということで。目の前に手紙あるのに！

何のことはない、みおも眠《ねむ》たかったんである。つーか半分落ちてた。

ぽかぽか暖かい午後の授業。眠たいのは、仕方ない。

日常の「手紙」2

「ん？」

ぽかぽか暖かい午後の授業中。

何とか眠気《ねむけ》と戦いつつ、授業を受けていたみおの視界のすみっこに、なにやらちらちらと見えるものが。

目立たないようにそっと顔を向けると、それは手に握《にぎ》られた手紙だった。斜《なな》め後ろの麻衣が、差し出しているのだ。

——めずらしいな。

そう思った。

だって、麻衣ちゃんの方向（つまり、斜め後ろ方面）から手紙が回ってくることはほとんどないし、麻衣ちゃん自身も、わざわざ手紙を書くようなタイプじゃ、ない。

というか、麻衣ちゃんの書いた手紙なんて、アシスタントを頼《たの》んだときとかの、

「帰ります」

ぐらいしか、見たことないよ。

それは友達としてどうなの、と思わなくもないけど……まあ、麻衣ちゃんってそういう子だし。

そんなふうに、みおは考えている（考えるようにしている。でないと、ほら……いろいろと……ねえ？）。

それはさておき。

その、珍《めずら》しい麻衣ちゃんからの手紙だ。

——ここは是非《ぜひ》、華麗《かれい》に受け取って、読んであげようじゃないの、このわたしが！

そう思って、みおは華麗に、それはもう美しく、手を斜め後方に差し出した。

確かに運動は苦手だけど、この距離《きょり》だ。まるでレースのリボンで引かれるように、滑《なめ》らかに、みおの手は麻衣の手にある手紙に向かっていき……

キャッチ！

と思った瞬間《しゅんかん》。

手紙が、上に逃《に》げた。

――!?

その手に感じるはずの、紙の質感を感じない。

――そんなバカな……!　わたしは間違《まちが》いなく……

と、授業中であるにもかかわらず、みおは振《ふ》り返ってしまった。

そして。

手紙は、上方向に可憐《かれん》に曲げられた、麻衣ちゃんの手の中に、まだあった。

その姿はまるで……そう。

――水鳥のよう……

――って、そうじゃないでしょっ!　何でそこで逃げるのよっ!?

手紙はゆっくりと、元の位置に戻《もど》ってくる。さあ、今度こそ受け取って。そう言っているかのように。

――そ、そうだよね。何かの間違いだよね。こうまで露骨《ろこつ》に手を伸《の》ばしておいて、受け取らせないなんて、いくら麻衣ちゃんでもしないよねえ。

仕方ないなあ麻衣ちゃんも。そんな風に苦笑いを浮《う》かべつつ、みおはもう一度手を伸ばした。

今度こそ、受け取るのだ。友達のメッセージを。

すうっ。

たおやかに伸ばされる、みおの手。完璧《かんぺき》。完璧だ。


と思った瞬間。

手が、下に動いた。手紙も当然、下に。


——また避《さ》けやがりました⁉　丹頂鶴《たんちょうづる》が、降り立つようにっ！


再び、振り返るみお。

麻衣は、なにもなかったかのように手を元の位置に戻す。相変わらずの無表情だが、眼鏡《めがね》の奥の瞳《ひとみ》は、

——さあ、受け取って。

と言っているような気がした。みおの、気のせいかも知れない。

気のせいかも知れないけれど、みおは、もう一度手を伸ばした。今度は視界の中央に手紙を

入れて。

さあ、いまこそ！

レッツ！　手紙キャーッチっ……！

今度こそ、間違いなく。間違いなく、みおの指に、手紙が触《ふ》れた。

さあ、あとはそっとこちらに引き寄せるだけ……

のはずが。あろう事か、引き寄せたその瞬間。

しゅぽーん。

と、手紙が麻衣の手に戻っていく。

——ば、バカなっ……!?

そのとき、みおは見た。

——何で輪ゴム仕込んであるのー!?

そう。ゴムの力で手紙は麻衣の手の中に。その様、まさにツバメ返し。華麗《かれい》なその動きに、みおは思わずうっとり……

──見ほれてる場合じゃねえぇぇぇぇぇぇ……！

こうなったら、意地だ。意地でも受け取ってやる！　ぶんどる！　何が何でも奪《うば》い取る！

決意して、みおは手を伸ばした。今度は全力でつかんで、全力で引っ張る！　ゴムなんて引きちぎる！　引きちぎってみせるんだから！

かたや麻衣は、相変わらずのポーカーフェイスで、ふわふわと指先の手紙を動かしている。まるで、さあつかまえてごらんなさーいあはは━♪　みたいな感じで。

それを見て、みおの腕《うで》に込められた力はいっそう増した。

今度こそ！

手紙が指に触れる。全力で挟《はさ》む。いやまだ足りない！　そのまま手のひらにたぐり寄せて、鷲摑《わしづか》みだ！

その瞬間《しゅんかん》！

ぱっちーん。

いつの間にか、手紙はガム型のおもちゃにすり替《か》わっていた。ガムを取ろうと引っ張ると、指を挟む、あのおもちゃだ。

——いつのまに!?　っていうか痛っー!?

おもちゃとはいえ、不意打ちされればやはり痛い。

何だってこんなの学校に持ってきてるのよ、って麻衣ちゃんだもの仕方ないよね、と自分を慰《なぐさ》めつつ、手を引っ込める。ここはいったん、出直しだ。

みおは微妙《びみょう》にいらつきつつも、なんとか心を落ち着けて、手を引っ込め、指を挟んだままの『パンチガム』を外す。

そこで、ふと思った。

——っていうか、コレ……そもそも、本当に手紙なの？

麻衣ちゃんの、単なる暇《ひま》つぶしなんじゃないだろうか。

そんな気が、してきた。

そりゃまあ、さっきこちらからの手紙を渡《わた》しそびれたのは悪かったけど……いやいや、あれは、わたし悪くないよ？　ゆっこがひたすらおバカなだけで！

そんないきさつは全く関係なしに、麻衣の暇つぶし、の可能性の方が、高い。

その暇つぶしは、今もまだ続いている。

麻衣の手には、相変わらず折りたたまれた手紙（手紙じゃなくてただの紙かも知れない）。

みおを誘《さそ》うかのように、ひらひらと揺《ゆ》れている。

Catch me!《わたしを取って！》といわんばかりに。

——いいじゃない、なら、取ってみせようじゃないの……！

決意も新たに、みおは手を伸《の》ばす。今度こそ、手紙キャッチ……！

全力でつかみ、そして引っ張る！

ぐいっ、と引っ張った、その瞬間。


ぽんっ、とはじけて、花束になった。


「どうわあああああっ!?」

思わず女の子らしからぬ悲鳴を上げてしまう、みお。慌《あわ》てて口をふさぐ。今は授業中だもの。

というか、ゆっこの二の舞《まい》は嫌《いや》だ。

口をふさいで知らんぷりしていると……どうにかごまかせたらしい。ごまかせてしまうのもどうかと思うが……とにかく、ごまかせた。ゆっこが廊下《ろうか》で立たされているのは……アレは、自爆《じばく》だもの。

さて。授業も再開している。改めて、麻衣の手を見ると……

——どこに仕込んでたの、そんな手品!?

まさに、手品で出てくるような造花が、ふーらふーらと麻衣の手で揺れている。

鳩《はと》も出てきそうだ。

呆然《ぼうぜん》としているみおを余所《よそ》に、麻衣は器用にくるくると造花をバトンのように回して……一瞬《いっしゅん》で、また手紙に戻《もど》った。いや、手品なら「手紙に入れ替わった」なんだろうけど……

——ありえない。ありえなすぎる。ゆっこ相手ならともかく、わたし相手にもここまでの仕込み。ほんと麻衣ちゃんは全力全開過ぎるよ……！

——そんな麻衣ちゃんから、本当にわたし、手紙を受け取ること出来る……？

——いやーさすがに無理すぎるでしょ……

冷静に、そんなこと考えてしまった。

それが、隙《すき》だったのかも知れない。

みおは、目を見開いた。

いつの間にか、麻衣ちゃんの指先の手紙が、鶴《つる》に変わっている……!? 鳥の鶴じゃない、折り紙の鶴、折り鶴《づる》だ。

人差し指と中指で、挟《はさ》んで持ち……手首のスナップを充分《じゅうぶん》にきかせ、指の第一関節、いや爪《つめ》の先に至るまで、柔軟《じゅうなん》にかつ力強くしならせて……


SHOOT!


そのとき、折り鶴は本当の鶴以上に、いきいきと！

麻衣の指先からみおの後頭部まで、一メートルちょっとの空間を！

超高速《ちょうこうそく》で、飛んできた！


「のおおおおおっ!?」


それに気がついたのは、もはや人のなせる技《わざ》ではなかった。

なにが？

そんな疑問よりも先に、みおは後頭部に迫《せま》った鶴……いやもはや凶器《きょうき》といってもいいだろう。きゅぴーん！　と言わんばかりの鋭角《えいかく》に折られた鶴のくちばしが、自らの髪《かみ》に触《ふ》れるか触れないかのタイミングで！

みおは、本能的な叫《さけ》び声とともに、避《よ》けた！

髪を束ねている、いつものお気に入りのゴムの、あの正六面体に、かする。ぎりぎりのタイミングで鶴はみおをかすめて、そのまま弾道《だんどう》飛行！

弾道飛行だからして、数学の授業でやる二次方程式的な感じで、鶴は教室を飛ぶ！

$y=ax^2+bx+c$である!

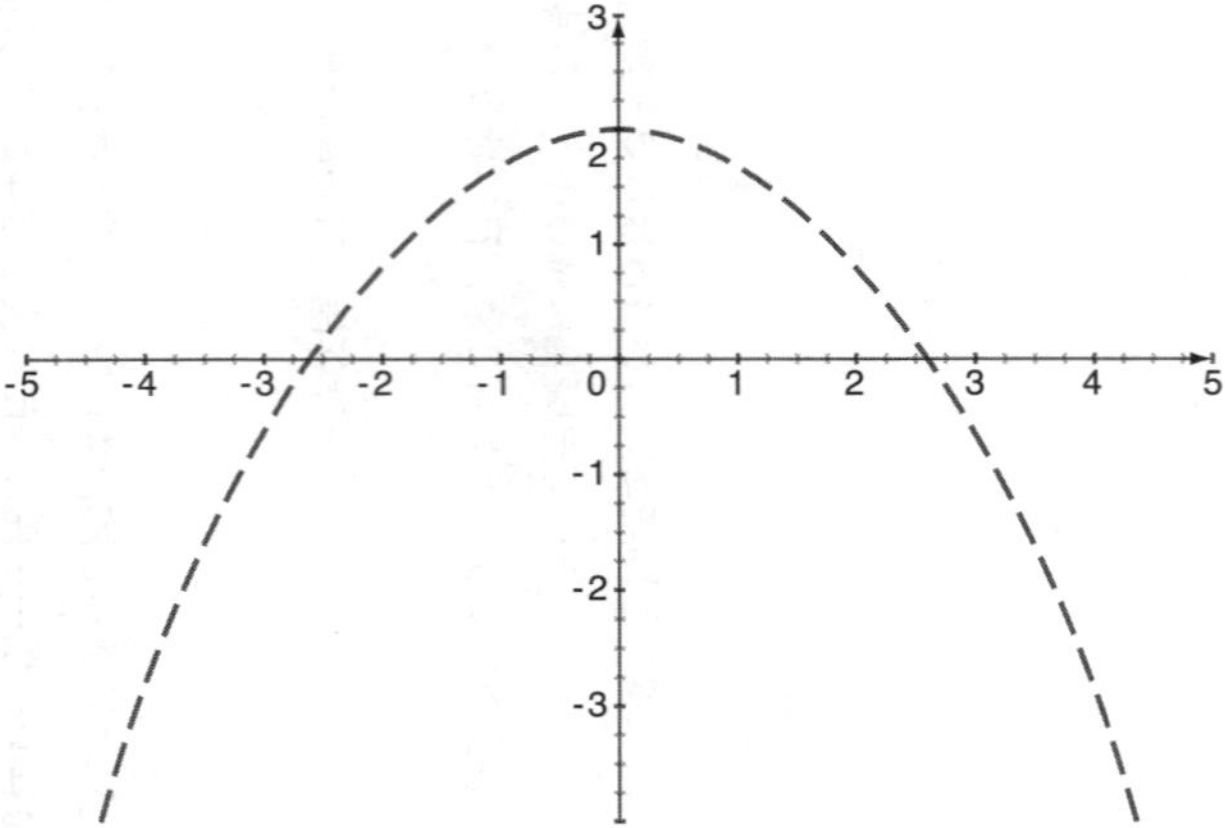

鶴は教室の中央あたりで高度が最高になり、そのまま落ちる。

落ちていく先には……中之条《なかのじょう》の頭が！

しかし、常人たる中之条は、まだ自らに迫った危機に！

ああなんということだ！

彼はまだ、紙の鶴の姿をした猛禽《もうきん》が迫り来ることに気がついていない！　みおの二度目の叫びに、ようやくなんだろうと首を回そうとしているだけだ！

危《あや》うし中之条！　危うしモヒカン！

そう言っている間にも！　鶴が！　鶴が！


ずぽんっ。


鶴はモヒカンに激突《げきとつ》！　ぼふんと爆発《ばくはつ》するモヒカン！

中之条の髪をまき散らしながら、鶴はなおも飛ぶ！　しかも今の激突で方向が少し変わったのだろうか、今度はまっすぐ教壇《きょうだん》の方向へ！


「えっっっ？」

そこには、いつも一生懸命《いっしょうけんめい》な桜井先生が、いた。

もちろん、自らに迫り来る危機を、理解できようはずもない。

いつものあの笑顔《えがお》で、たたずむ桜井先生。

折り鶴の無慈悲《むじひ》なくちばしが、その笑顔に迫っていた。

教室の中の生徒たち、およそ半数が、このときには何が起こっていたか、いや、何が起こっているのか、理解していた。そして、次の鶴のターゲットが、誰《だれ》なのかも。


「きゃあああああーっ⁉」

「先生ーっ⁉」


誰のものだろう、教室に響《ひび》き渡《わた》る、悲痛な声。

だが。ああ、なんということだ。ああ。

桜井先生本人は、まだ気づいていない！


そう、桜井先生は、気づいていない。

だが、気づいた先生が、いた……！

「うおおおおおっ、桜井先生ーっ！」

いったい何でそこにいたのか。

廊下《ろうか》から教室に、飛び込んでくる人影《ひとかげ》！

そう。高崎先生である！

なぜかたけのことしいたけを持って、鶴《つる》に向かって突進《とっしん》する！

「おれが！　桜井先生を守るんだーっ！」

ずぼふっ……！

鶴は、ダイブしてきた高崎先生の、腹にめり込んだ。

あれは、脾臓《ひぞう》のあたりだろうか。機会があれば、理科準備室や保健室にある人体模型で場所を確認《かくにん》していただきたい。

とにかく、そのあたりに。

鶴が、めり込んだ。

高崎先生が手にしていた、たけのことしいたけが、宙を舞《ま》う。


「さ、さくらいせん……せ、い……！」


どさっ、と床《ゆか》に落ちる、高崎学《まなぶ》二十六歳独身。

「えっっっ……？？？」

いったい何が起きたのか、桜井先生にはまだ理解できていない。だが、目の前で同僚《どうりょう》の先生が、倒《たお》れたのだ。駆《か》け寄って、声をかける。

「だ、大丈夫《だいじょうぶ》ですかっっっ……？？？」

高崎先生から、返事はない。

あの鶴の直撃《ちょくげき》を受けたのだ。無事では済まない。


そして。

鶴が。

あの鶴は、まだ、動いていた。ゆっくりゆっくりと、黒板の前でUターンして。

教室の、生徒たちに、その無慈悲なくちばしを、向けた。

きゅぴーん。

「に、逃《に》げろーっ!?」

「おかーさーん!!」

「い、今だからいうけど俺、おまえのことが……!」

「おちつけっ、俺は男だ!」

「こ、こういうときは落ち着いて一一八番!」（違《ちが》います。それは海難事故です）

教室は、阿鼻叫喚《あびきょうかん》の巷《ちまた》と化した。

「……?」

逃げ惑《まど》う生徒たちの中で、一人冷静に座ったままの、麻衣ちゃん。

彼女が『こうまでして渡そうとした』手紙の内容は、あとで明らかになったのだが……それは別の話である。

今は、とにかく、逃げないと。

きゅぴーん。

日常の「手紙」3

「……えーと、どういう経緯《いきさつ》でそうなったのかよく判《わか》んないんだけど……下駄箱《げたばこ》の前で、なにやってんの……麻衣ちゃん？」

放課後。

みおは呆然《ぼうぜん》と立ち尽《つ》くしていた。

下駄箱の前に、麻衣ちゃんが立っている。

そりゃまあ、麻衣ちゃんだって帰るんだから下駄箱の前にいたっておかしくはない。おかしくはないんだけど。

ジュラルミンのスーツケースを後生大事に抱《かか》えて、下駄箱の前でなにやらゴンゴンやっていたら、すっごくおかしいではないか。

「なるべく安全にやろうとしている」

帰ってきた返事で、ますますみおは呆然とした。

「むき出しは危ない。だからケースを用意した」

何が安全なのか、よく判らない。いや、全然判らない。

とりあえず、目の前の状況《じようきよう》を、なるべく客観的に表現してみようと思った。

麻衣ちゃんが、ジュラルミンのスーツケースを、わたしの下足入れに、突《つ》っ込もうとしている。わけわかんない。

うん、客観的だ。

「なおかつ、周囲への影響《えいきょう》も少なく」

いやだから、何がなおかつなのか。

不思議な、というか時々、というかしばしば、よく判らないなあと思うことがある友達だけど、これこそ何が何だかさっぱりわからない。

いや、判ることが、無いでもないか。

「えーと。わたしに、何か用だった……？」

まあ、自分の下足箱になにかしようとしているんだから、多分何か用があったんだろう……

みおはそう思った。

「用……安全に、影響を少なく」

「ごめん、それはもう良《い》いから。っていうか意味わかんないよ」

「そう……用は、ある。あった」

「え、過去形？」

「あったかもしれない」

「しかも推測なの？」

と、そこまで会話をして……会話になってないような気もするけど……あれ？　今、麻衣ちゃん、しまった、って顔をしなかった？

いつも淡々《たんたん》とした、というか表情の変化が少ない麻衣ちゃんの、そんな顔を見たの、初めてのような気がする。

「……見つかっては、あんまり意味が無い」

——見つからなかったら、意味あったの……その行為《こうい》に？

思わず叫《さけ》びそうになったが、みおはグッと我慢《がまん》をした。なにせ、麻衣がおもむろに問題のジュラルミンケースを床《ゆか》に置き、開いたからだ。

なかには、紙が一枚。

「手紙」

ぽそっと麻衣がつぶやいて、みおははっとした。

そういえば、さっき、手紙を自分に渡《わた》そうとしていなかったっけ？　とんでもない大騒《おおさわ》ぎになってしまったけど。高崎先生、救急車で運ばれていったけど、大丈夫《だいじょうぶ》かなあ。まあそれはさておき。

——なんだ、ようするに手紙を渡したかっただけなんだー。

それがどうして殺人折り鶴《づる》やジュラルミンケースになったのかは判らないけど、手紙を渡そうとしただけだったのだ。

なるほどなるほど。

放課後なんだから、ケータイのメールで良いような気もしたけど、普段《ふだん》我が道しか行かない友達が、わざわざ手紙をくれるというんだから、喜んで受け取ろう。それが友情って奴《やつ》じゃない!?

そう思って、みおは手紙を受け取り……

「読むね」

「あ……」

開いた。

『帰ります。』

「口で言おうよっ!?」

日常の「だるまさんが転んだ」

吾輩《わがはい》は、だるまである。名前は、高崎《たかさき》だるま。

……誰《だれ》だ、名前なんてあるわけないだろう名作小説的に、とか言う輩《やから》は。

吾輩の名前が高崎だるまであることは、疑いの余地もない。

なぜならば、吾輩がこの館《やかた》に来ることになった折、入れられていた箱には、間違《まちが》いなく、

高崎だるま

と書かれておったのだからな。

その箱には『登録商標』だの『サイズ：六号』だの『定価　二五〇〇円』だのとも書かれてはおったが、これが吾輩の名前な訳がない。であるからして、吾輩の名前が高崎だるまであることは、疑いの余地がないのである。

ましてや！

吾輩の名前が『たか丸《まる》』などという丸いんだか角張っているんだかわからんような名前のはずが、ないのである。

さて、吾輩の自己紹介《しょうかい》はこれぐらいにしておこう。

吾輩がこの館に来て、果たしてどれくらいの時が経《た》ったであろうか。

かなり長い年月が過ぎたような気もするし、ほんの数日のような気もする。

あ、いや、待て。吾輩が呆《ぼ》けておるんじゃないかとか、ご飯はもう食べたでしょうおじいちゃんとか、言うんでない。

考えてもみるがよい。我々だるまとは、動かずにジッとその場にとどまり続ける存在なのである。諸君ら人間のように、常に蠢《うごめ》いておるような存在とは、時間の概念《がいねん》が違《ちが》うのである。

我々だるまの持つ時間の尺度で『これだけの時間だ』と表現することは出来るが、それはすなわち諸君ら人間の持つ時間の尺度とは全く違うものであり、諸君らに理解できるような表現では、ないのである。

あえて人間の持つ時間の尺度に合わせて言うのならば、『長い年月が過ぎたような気もするし、ほんの数日のような気もする』という表現が、もっともふさわしい。ただそれだけのことなのである。

まあ、つまりは。

諸君ら人間の感覚で、どれくらいの時間が経ったのかは、吾輩にはわからん。

そういうことだな。

ともかく。

吾輩は今、この館に鎮座《ちんざ》しておる。

目がすでに書き入れられておることからも解《わか》るように、すでに吾輩の主は願を掛《か》け、その願いは叶《かな》っておる。

どんな願いだったのかだと？

うむ。

それは解らん。

ちょ、ちょっと待て。吾輩が呆けておるんじゃないかとか、今日は何曜日ですかおじいちゃんとか、言うんでない。

諸君ら人間がだるまに願を掛ける際、どうするかを思い出してみるがよい。

うむ、そうだ。左目を墨《すみ》で書き込むな。右は、願いが叶った際に書き込むわけだ。

だが、ほかにも書き込むであろう。

そう、そうだ。吾輩の髭《ひげ》の下のところに、諸君らの願い、望み、欲望《よくぼう》をでかでかと書き込むであろう。

『必勝』とか『当選』とか『福』とか『HAPPY WEDDING』とかな。

知らんのか？　最近は『ウエディングだるま』というのもあるのだぞ……待てよ。結婚式《けっこんしき》の引き出物であるから、すでに結婚しておるわけで、願いは叶っておるよなあ……いやはや、諸君ら人間の願いとは、よくわからんものであるな。

おっと、話が逸《そ》れた。

つまりは、吾輩の髭の下には、その願いが書かれていないのであるよ。

だが、目は書き込まれている。だから、吾輩の主が、願いをかなえたのは間違いない。

いやまて、左目を書き込んだ人間と、右目を書き込んだ人間は別人であったから、どちらの願いが叶ったのかは、解らん。解らんが……ともかく、願いは叶ったのであろう。

叶ったのであろうなんて、無責任なことを言うな、だと？

無茶《むちゃ》を言うな。

我々だるまには、人間の願いを直接叶える力はないのである。

我々は、ただそこに座して黙《もく》するのみである。たとえ転がされても、再び起き上がり、座して黙する。七転び八起き。そこに、諸君ら人間は、何らかの願いを叶える力を、感じておるのだろう。我々に出来ることは、転がっても再び起き上がることのみであるのだがなあ。いやはや、人間とは不思議な存在であるな。

と。

いかん、詮方もないことを話しておる間に、やつが来おった。

やつとはなんだ、だと？

言うまでもない。黒猫《くろねこ》だ。この館《やかた》に住んでいる、黒猫だ。

やつは戸棚《とだな》の上でも、冷蔵庫の上でも、テレビの上でも、どこにでも土足で上がり込む。いや靴《くつ》は履《は》いておらんな。あるのは肉球と、吾輩《わがはい》の体を傷つけかねない爪《つめ》だ。

「やれやれ、まったく、あのガキにも娘《むすめ》にも、困ったもんだぜ」

なにやら呟《つぶや》きながら、黒猫は近づいて来おる。いつものように、赤い布っ切れを首に巻きおって。

吾輩の体を彩《いろど》る鮮《あざ》やかでありながらも品格を兼《か》ね備《そな》えた赤とは違う。下品な赤であることよ。それが黒い体と相まって、何とも下品である。いやはや、下品。

その黒猫が、吾輩の今の居場所である、戸棚の上にまで、飛び乗ってきおった。ええい、来るな。しっしっ。

「特にあのガキは、何をしでかすかわかったもんじゃねえ。落ち着いて昼寝《ひるね》も出来やしねえ」

吾輩は猫《ねこ》ではないから、やつが何を呟いておるのかは、解らぬ。解らぬが、おそらくは碌《ろく》でもないことであろう。あるいは、非常に詰《つ》まらない、取るに足らぬことであろう。どうせ猫の呟くことである。そうに違《ちが》いない。

だが、呟いている内容はともかく、やつが吾輩の座禅《ざぜん》の場に入り込んできたことは、問題である。ええい、来るな、来るなと言うに。

「まあ、ここなら大丈夫《だいじょうぶ》だろ……と、邪魔《じゃま》なだるまだな」

こちらを見て、なにやら言いおった。なぜだろう、大変に嫌《いや》な予感が、してきおった。

諸君ら人間には、猫の言葉はわからんかも知れんが、出来れば何と言っているか、教えてはもらえまいか。繰《く》り返しになるが、大変嫌な予感が、するのである。

「どいてろ」

ぬおおっ⁉

こやつめ！　吾輩を、前足で転がしおった！

だがその程度の力で、吾輩を転がせると思うてか！

「む。起き上がりやがった。このだるまってのは、なんで起き上がるんだろうなあ。そらよっと」

またしてもぉぉっ！

しかし！　だがしかし！

吾輩が猫なんぞに屈《くっ》する訳がなかろうが！

「また起き上がりやがった……いかん、うずうずしてきた。俺の中の野性が、目覚めて来ちまいそうだぜ……うりゃっ」

なんのっ、まだまだあっ！

「ほりゃっ」

この、こわっぱがああっ！

「ていっ」

おのれえええっ！

「ぬうう……もう我慢《がまん》できねえ……にゃああああああああっ！」

りょ、両足《ダブル》だと⁉　しかも爪を立てて⁉　や、やめろっ、吾輩の体はぶっちゃけ、紙なのだぞ⁉　傷がっ、傷がついてしまう！

このままではっ、このままでは拙《まず》いっ！　逃《に》げなければ、逃げなければ！

お助けぇぇぇぇぇぇぇぇぇぇ！

ごろんごろん、ごとんっ。

「あ……落っこっちまった。まあ、仕方ねえな。

これで、落ち着いて昼寝できる場所が確保できたってわけだ。

しかし、あのだるま……俺がガキにあれこれ言ったせいもあるが……変な顔に仕上がったよなあ……ああいかん、思い浮《う》かべただけで、変な笑いがこみ上げて来やがる、うひゃひゃひゃ……」

うう……顔面から、落ちてしまったわい……だが、どうやら猫はこれ以上の危害を吾輩《わがはい》に加えるつもりはないらしい。やれやれ、助かった……

と、今度は人間の足音がしてきおった。

この、落ち着いた調子《ちょうし》の音は……おそらく主であろう。うむ、これで元の場所に戻《もど》してもらえるであろうな。もう一人の人間は小さすぎて、戸棚《とだな》の上には手が届かんのだ。

「あーっ、わたしのだるまが、落っこちてる！　ちょっと阪本さん！　落っことさないでくださいって、何度言えばいいんですか、もうー！」

筆者注：
『たか丸』は群馬県達磨《だるま》製造協同組合様のマスコットキャラクターです。
『高崎《たかさき》だるま』は群馬県達磨製造協同組合様の登録商標です。

日常の「押し入れ」
の

「はかせー？　はかせー、どこですかー？」

とたとたと歩き回る、足音。

右から、左へ。とたとた。

「うふふふ……」

にこにことその様子をうかがう、はかせ。でものぞき込んだりはしない。音だけだ。

「はーかせー？　どこいっちゃったんですかー？」

もー、外に行っちゃったのかなあ。なのの声がする。

「かくれんぼ、大成功かも……！」

うしし、と笑《え》みが浮《う》かぶ。でも、それは見えない。いや、阪本さんなら見えるかも知れないけど。

はかせは、今、押し入れに隠《かく》れていた。しっかりとふすまも閉めてあるので、外からは見えることはない、はず。

こっそりと、なのが洗濯《せんたく》をしている間に、隠れたのだ。

だって、なの、あんなこと言うんだもの。

『いいですか、はかせ。
はかせはお洗濯、手伝わなくていいです。
洗濯機回すのも、洗濯物干すのも、取り込むのも、わたしがやりますから。
この間みたいに落っことしたら困りますからね』

別に落っことすつもりじゃなかったのに！
あれは阪本がやれっていったんだよ！　いってないけど！
雨降ってきたから濡《ぬ》れちゃいけないのに！　だから取り込もうって思ったのに！

――ふーんだ。いじわる言うなのなんて、嫌《きら》いかも！

そう思ったけど、また晩御飯《ばんごはん》抜《ぬ》きとか言われたら困るから、はかせは黙《だま》っていた。
洗濯機の前で鼻歌を歌い出したなのをほっといて、すたすたと居間までやってきて……押し入れのふすまを開けた。

――ふーんだ！

で、今に至る。

真っ暗な押し入れの中で、はかせを呼ぶ声に、にまにましてしまう。

――なのは、ちょっとははかせのありがたさをわかるといいかも！

押し入れは、二段になっている。だいたい真ん中……よりちょっと下で上下に分かれていて、上の段にはお布団《ふとん》がたたまれていて、下の段は冬物をしまってある。そこからほんのりと防虫剤《ざい》の香《かお》りがする。何ともケミカルな臭《にお》いだが、はかせはそれが、嫌いじゃなかった。けっこう好きかも。

くんくん、くんくん。

普段《ふだん》は身近にない、特別な香りだ。

にへー、っとしてしまう。不思議な臭いだなあと、思う。

そうしている間にも、ふすまの向こうでは、なのの足音がする。

「はかせってばー、どーこでーすかー？」

――ふふふ。ここなら、なのなんかに絶対見つからないかも！

そうこうしていると、阪本さんが現れたらしい。やっぱり猫《ねこ》だ、足音はしない。

「あ、阪本さんー、はかせ見ませんでしたかー？」

「はぁ？　ガキか？」

「ええ、さっきからー、いないんですよー」

「なに言ってんだおまえ、ガキなら……」

「そーれーがー、いないんですよー」

「ん？　あ、ああ、そうか、確かに居ねーなあ」

「どこいっちゃったんでしょうー？」

「うおー、ほんとだいねえー、どこいっちまったんだろーなあ」

うひひひ。阪本にだって、見つからないかも！

これからは、時々ここに隠れよう。いなくなって、自分のありがたさをなのと阪本にわからせてやろう。そう決意するはかせ。

「どこいっちまったんだー、ガキはー」

「ほんとどこにいったんでしょうー？」

おろおろ、とする二人の声が聞こえる。

おかしくって、笑っちゃいそうだ。でも我慢《がまん》我慢。

と。

向こうの二人が、とんでもないことを言い出した。

「しかたありませんー、はかせはいませんけど、おやつ食べましょうー」

「おやつかー。今日のおやつはー、なんなんだー？」

——おやつ⁉ いま、おやつって言った⁉

「今日はですねー、プリンなんですよー」

「おー、プリンかー。あのぷよんぷよんしてるやつだなー」

——プリン！

「はかせがいませんからー、阪本さんも一緒《いっしょ》にどうですかー」

「そうだなー、たまには人間のおやつ食べてやるかー」

——⁉⁉⁉ なんでなんで⁉ 阪本はプリン食べちゃだめなんだけどー⁉

「ほんと残念ですー、はかせと一緒に食べたかったのにー」

「しかたねーなー、いねーんだもんなー」

——ここにいるけど⁉ いるってばー！ プリン食べる！ はかせもプリン食べるー！

　と、そこではかせは我に返った。

——これは、なのと阪本のわなかも！

プリンの話をする　←
慌《あわ》ててはかせ出てくる　←
なんだーここにいたんですかー
プ、プリンは？　←
うーそでーすよー　←

——そ、そんないじわるなわなには、だまされないんだけど！

あ……でも、でももし、本当に今日のおやつがプリンだったら、大変かも……ううん、そんな簡単なわなに引っかかるような、はかせじゃないんだけど！

はかせは、我慢《がまん》した。

今すぐ飛び出したくなるのを、我慢した。

一生懸命《いっしょうけんめい》、我慢した。

「今日のプリンはですねー、プッツンプリンなんですよー」

「な、なんだとー、あのプッツンプリンかー？」

――プッツンプリン⁉

あの、お皿の上で逆さまにして、ぷっつんってやると、ぷりりーん、の、あのプッツンプリン⁉

「そうですよー、プッツンパポペで、みんながプリンプリンですよー」

「おおー、俺もやっていいのかー？」

――だ、だめだよ！　プッツンははかせがやるのー！　阪本は阪本だからダメなんだけど！

「いいですよー、阪本さんもプッツンしましょー、はかせはいないですけどねー」

「そうだなー、ガキはいないから仕方ないなー」

――いるのにー！　ここにいるのにー！

「う、うう……プリン……くすん……」

それでも、はかせはがんばった。もう何でがんばっているのかよくわからなかったけど、がんばって、出なかった。

クスンクスン、とすすり泣く声がふすまの向こうから聞こえてくる。

「……けっこうがんばるなあ、ガキ」

「ちょっとかわいそうでしたね」

ひそひそ話す、阪本さんとなの。押し入れの前でしゃがみ込んで、様子をうかがっている。

「かわいそう、って、最初に気づいてない振《ふ》りをしてたのは、おまえの方だろうが」

「えへへ、そうなんですけどね」

そう。二人は、はかせがここにいることに、最初っから気がついていた。

なぜって。

ふすまに、はかせのながーい白衣の裾《すそ》が、はさまっているんだもの。

ちょろっと。

「くすん……くすん……」

「そろそろ勘弁《かんべん》してやれよ……」

「そうですね。

はかせー、プリンは本当にありますよー。一緒に食べましょうー?」

ちょっと建て付けの悪いふすまは、白衣を挟《はさ》んでいるせいでいっそう開けにくかったけど、
ちゃんと開いた。

日常の「湿度100%」

「なのー、なのなのー！」

とたとたと縁側《えんがわ》を走る、はかせ。その手には、白いお皿と、その上に載《の》った、なにやら丸い物体。

梅雨《つゆ》の貴重な晴れ間、ひなたぼっこをして過ごしていた阪本さんは、危《あや》うくしっぽを踏《ふ》まれるところだった。

「おい、ガキ。何騒《さわ》いでいやがる」

「あ、阪本。ねーねー、なのはー？」

「娘《むすめ》か？　たしか、晴れてるうちに買い物済ませてくるって、出ていったきりだぞ」

「えー、そうなのー」

残念そうな表情を一瞬《いっしゅん》浮かべたはかせだったけれど、ちょっと考えてから、こう言った。

「じゃー、阪本でいいかも」

「じゃー、ってなんだガキ！　大人に対してそれは失礼だろうが！」

「えー、阪本で我慢《がまん》しとく」

「我慢ってどーいうことだーっ！」

「もー。しかたないなー。ほら、みてみて、これー」

と、はかせはお皿の上に載った、丸い物体を阪本さんに差し出した。

「しかたないって、ガキお前な、いつもいつも言葉遣《ことばづか》いが……って、なんだこりゃ」

丸い。

丸くて、なにやら白い、ふかふわしたような……

「って、お前っ！　かびたまんじゅうじゃねーか！」

「うん、おまんじゅうー！」

「なんでそんなもん持ち歩いてんだ！」

「えへへ、隠《かく》してたおまんじゅう食べようと思って、押し入れから出したら、かびてた」

照れ照れと、なぜかほおを赤く染めて答えるはかせ。

「照れるところじゃねえよ！　つーか！　押し入れに生ものいれとくなよ！」

「だってだってー、隠さないとなのが怒《おこ》るんだもん」

「怒るんだもん、ってお前なあ……あーあ、どうすんだよ、こんなにかびちまって……」

元々は何色のまんじゅうだったのだろう。今はもう、うっすらと白いような、青いような、緑色かも知れない、つまりは……

カビ色の、まんじゅうだった。

そうとしか言いようのないまんじゅうに、ゆるゆると前足を伸《の》ばし、触《さわ》ろうとして……阪本さんは、途中《とちゅう》で前足を引っ込めた。

まんじゅうだとわかってはいても、こうも見事にかびていると、触りたくない。

と、そんなことをしていると、はかせが、

「阪本、食べたいの？」

「んなわけねーだろ！」

「おいしいかも？　たぶん」

「だったら自分で食えよ！」

「やだよ、かびてるもん」

「俺だってやだよ！」

「じゃあ、食べる？」

「いやだっつーとるだろうが！」

「じゃー、どーするのこれ？」

「俺に聞くなよ！　持ってきたのはお前だろうが！」

ぺしぺしぺし。

肉球で床《ゆか》を叩《たた》きながら、阪本さんは叫《さけ》んだ。間違《まちが》ってまんじゅうを叩かないように気をつけて。

「で、どうするんだ、ガキ。

食べないなら捨てるしかねえが、ゴミ箱に捨てたら、娘にばれるぞ」

「ばれるかな？」

「どう考えてもばれるだろうが。ゴミの日には必ずゴミ箱を確認《かくにん》してるんだぞ。つーかお前がお菓子《かし》のつまみ食いをしていないか調べるために、最近は毎日ゴミ箱チェックしてるだろうが」

「うー……」

ぷくーっとほおを膨《ふく》らませるはかせ。問題のまんじゅうよりも大きく膨らませる。そしてキレた。

「じゃあ、阪本はどーしろって言うの⁉」

「どーしろって、それはお前が自分で考えなきゃならんだろうが！」

阪本さんもキレ返した。

ばんばんばん。ぺしぺしぺし。

はかせが地団駄《じだんだ》を踏み、阪本さんが床を叩く。

阪本さんの方の音が軽いのは、仕方ない。体重が違《ちが》うし、何より肉球だ。

「阪本が悪いんだよ！　おまんじゅうかびるし！」

「かびたのはどう考えてもお前のせいだろうが！」

「そんなことだから、阪本は芥川賞《あくたがわしょう》が取れないんだよ！」

「猫《ねこ》が取ったら一大事だろうが！」

「あ、そうか」

「そうだよ！」

「でも阪本が悪いの！」

「俺は悪くねー！」

ばんばんばん。ぺしぺしぺし。

だんだんエキサイトする二人。いや、阪本さんは猫だから、一人と一匹《いっぴき》と言うべきか。

とにかく。

エキサイトしすぎた。

少しずつ、お皿が揺《ゆ》れて……ころん。

カビの生えたまんじゅうが、皿から転げ落ちた。

「「あ」」

ころん。ころん。

転がる。まんじゅうが、床の上に白いというか青いというか、緑というか……つまりは、カビの色の線を引きながら。

ころん。ころん。

ころ、ころ、ころ。

「あ、こら待ちやがれ」

野性の習性か、阪本さんが、前足を伸ばし、ぺしっと叩く。

ぽふん。

「のわっ⁉　カビか⁉」

カビだらけのまんじゅうを叩いたのだ。当然、肉球にはカビがつく。

その、叩いた瞬間《しゅんかん》の何とも言えない感触《かんしょく》に、思わず阪本さんは前足を引っ込めてしまう。

ころん。ころん。

まんじゅうは、少し方向を変えて、なおも転がっていく。

「まてー！」

はかせも、とたとたと駆《か》け寄り、回り込んで。

「えーい！」

豪快《ごうかい》に右足で！

「あ、バカ！　シュートしてどーすんだ！」

しかもこんな時に限ってジャストミートする。

ぽーん。

阪本さんを飛び越《こ》えて、かびたまんじゅうは廊下《ろうか》の向こう側へと飛んでいく。

「逃《に》げたー！」

「逃げたんじゃねーよ！　お前が蹴《け》っ飛ばしたんだよ！」

そんなことを言いながら、追いかけるはかせと阪本さん。

ころん。ころん。

かびたまんじゅうは、まるで本当に逃げるつもりかのように、転がっている。

ころん。ころん。ころ、ぴた。

それが止まった。

「止まったぞ！」

「よーし、今度こそ、ほーむらーん！」

「かっ飛ばしてどーすんだ！」

駆け寄る、はかせと阪本さん。

「しゅーとー！」

だが、なぜまんじゅうは止まったのか。

「なにしてるんですか、二人とも？」

ひょい、と拾い上げる。

「え？　これ、なんですかー⁉　なんかぐにゃっとしましたよ⁉」

そう。なのが、帰ってきたのだ。

「「あ」」

さて、逃げるべきか、どうするべきか。

「な、なんなんですかこれ⁉　カビ⁉　かびてるんですかこれー⁉」

なのの悲鳴が、東雲研究所に響《ひび》き渡《わた》った。

このあと、はかせと阪本さんには『明日《あした》おやつ抜《ぬ》きです』の刑《けい》が言い渡されたのである。

日常の「回転」
う

じーわ　じーわ　じーわ　じーわ　じーいいいいいいい。

「なのー、暑いよー」

じーわ　じーわ　じーわ　じーわ　じーいいいいいいい。

「あついあついあついー」

住宅街の片隅《かたすみ》、木造民家（ただし『東雲研究所』のデカい看板付き）の中で、白衣をまとったちっちゃな女の子が、悶《もだ》えていた。傍《かたわ》らでは、スカーフでオシャレした黒猫《くろねこ》も、ぐってりとしている。

「ねー、なのー、暑いよーう」

ちっちゃな女の子……はかせが、畳《たたみ》の上でごろんごろんと転がっている。

もぞもぞする白衣（にしか見えない）を見ながら、なのはぼんやーりと考えた。

――それでこの記録的猛暑《もうしょ》が涼《すず》しくなるくらいなら、全校生徒で上毛《じょうもう》かるたしながらローリングするよね……

そう！　レッツローリング！

全校生徒でローリング！

上毛かるたでローリング！

モヒカンパンクローリング！

カツラも禿《は》げもローリング！

ろろろろろろローリング！

「……はっ!?」

どうやら、暑さに参っているのは、なのの頭も同じらしい。

確かに、暑い。すっごく暑い。

猛暑日《もうしょび》と熱帯夜がかれこれ……いち、に、さん……数えたくないくらい、続いている。

夏休みに入ってから、ひたすらに、暑い。夜もよく眠《ねむ》れないし、ぼんやりするし、暑いし、暑いし、暑いし。

これはもう、みんなでローリングするしかないんじゃなかろうか。

そう、カムヒアーローリング！

お隣《となり》同士でローリング！

お向かいさんもローリング！

町内会でローリング！

町中みんなでローリング！

られりるれろらろローリング！

「……はっ!?」

また意識がぼーっとしていたらしい。なのが慌《あわ》てる間も、白衣はもぞもぞし続けていた。いや違《ちが》う、はかせだ。

「暑い暑いー、もうやだー」

白衣をバタバタさせて、はかせは半泣きになっていた。

……ん？

「あの……はかせ。白衣脱《ぬ》いだら、どうですか？」

だって、白衣の下にはちゃんと半袖《はんそで》のシャツと半ズボンを穿《は》かせているんだもの。お腹《なか》を冷やしちゃいけないから、シャツはちゃんとズボンの中に入れてある。

というか。

「こんなに暑いんだから、白衣着ている必要、ないじゃないですか」

なのだって、薄手《うすで》のワンピースなのだ。背中のねじ回しを通すために、ちょっと手を加えたけど。

「だってー、これ脱いだらはかせじゃなくなるもんー」

「じゃあ、なんになるんですか？」

「え……えーとえーと」

暑さでゆだった頭で、ついつい問いただしてしまう。

はかせはぽけっとしたあと……

「は、白衣がなくなるから……『はかせ』じゃなくて、『かせ』になる！」

「……え？」

「『かせ』になっちゃったら大変なんだよ！　すっごい大変なんだから！　こんな事も判《わか》らないから、なのは芥川賞《あくたがわしょう》とれないんだよ！」

「え？　え？　え？」

「ちきゅー温暖化は『かせ』のせいなんだから！」

「ええっ⁉」

「なのはちきゅーが『かせ』にほろぼされてもいいのっ⁉」

「そんな話、初耳ですよ⁉」

「そーだよ、だってだれにも言ってなかったもん！　だからはかせは『かせ』になっちゃだめなの！」

「そ、それならしかたないですね……はかせははかせのままでいてください」

「うん！」

じーわ　じーわ　じーわ　じーわ　じーいいいいいいい。

「あついよー、なの暑いってばー」

「うーんうーんうーん」


家中みんなでローリング！

六畳《じょう》一間でローリング！

白衣も猫《ねこ》もローリング！

ねじ回しだってローリング！

ラッパのマークでローリング！

と
日常の「バイト巫女」

「やー、さすがだねえ。みさとなら似合うと思ってたんだー」

「うっ、うるさいわねっ、じろじろ見ないでってば！」

「やーいいねいいねー、ショートカット巫女もー。たまんないわねー」

「ウェボシー、あんた目つきがすっかりおっさんよ……」

神社仏閣には、忙《いそが》しくなる季節というものがある。

年末年始は当然だが、季節ごとの儀式《ぎしき》や行事などもあるし、そのほかにも、いろいろある。

この神社も、その「いろいろ」で今の時季、とても忙しい。

「でも、なんで『ねじ祭り』なわけ？」

そう、この神社でもっとも忙しいのは、年末年始を除いては、この『ねじ祭り』である。

とは言っても、小さな神社だから、祭りの規模も知れている。バイト巫女を数人雇《やと》えば、まあどうにかなる程度の忙しさなのだ。

その、数人のバイト巫女のクチを、ウェボシーがいったいどこから聞きつけたのか。あんまり乗り気ではなかったみさとも、気がついたら巫女装束を着せられていた。

「いやー、あたしもね、どんなお祭りかは知らないんだよねー」

「知らないで応募《おうぼ》して、知らないで私たちを誘《さそ》ったわけ……？」

「まーまー、多分これから説明があるだろうし、いいじゃんいいじゃん」

「よくないわよ……って、あれ？　フェっちゃんは？」

「あれ？　おーい、フェっちゃーん？」

ここで着替《きが》えてください、と言われて、みさとやウェボシーが通された、社務所の片隅《かたすみ》の小さな部屋に、友達であるフェっちゃんの姿は、ない。

渡《わた》された巫女装束の丈《たけ》が長すぎたので、換《か》えてもらいに行ったはずだが、まだ戻《もど》ってきてない。

「おーい、フェっちゃんやーい……？」

戸を開け、廊下《ろうか》を見渡《みわた》すウェボシー。

「あ、いたいた、フェっちゃん遅《おそ》いよー何やって……」

「ふ、ふぇえええええっ、なんで『XLサイズの巫女装束』しかないのー!?」

そこには、とんでもなくサイズの大きな巫女装束を、裾《すそ》を引きずるようにまとったフェっちゃんの姿があった。

ずりずりずり、ふみっ、こけっ。

ごろんごろんと転がるフェっちゃんは、遠目には『廊下でもだえ苦しむ洗濯物《せんたくもの》の山』のように見える。

「巨大《きょだい》な紅白のお餅《もち》が、廊下で腸捻転《ちょうねんてん》起こしてるようにも見えるわね……」

「あ、みさとうまいこと言うねー。ところで知ってる？　金沢《かなざわ》だと鏡餅《かがみもち》は紅白二色なんだよ？」

「え、なにそれ……」

「見てないで、たーすけーてよー、みさとー！　ウェボシー！」

結局、なんとか丈の合う巫女《みこ》装束を探してもらい、ちょっとお古だけどフェっちゃんに合いそうなものが見つかった。

「わたしも、みさとやウェボシーの、スカートみたいな袴《はかま》が良かったなあ」

「馬乗袴だっけ、それ」

「なんか、ちょっと変な感じだよー」

「でもそれも、けっこう可愛《かわい》いじゃん！」

「うーん、可愛いかも知れないけど、なんか落ち着かないよー」

「なんかもぞもぞするー。ズボンとも違《ちが》うしー」

「でも、そうやってもじもじしながら歩いていると、内股《うちまた》になって、おしとやかに見えるね」

「ふぇええ、なんかそれ違うよー、わたしが心の中に描《えが》いていた巫女さんと、何か違うよー」

「どんな巫女さん心に描いてたのよ？」

「もっと、もっとこう……ロイヤルストレートフラッシュな！　感じで！」

「……ごめん、わかんないわ、フェっちゃん」

「みさとひどい!?」

「……あたしもー」

「ウェボシーもひどい!?」

——そんなこと、言われてもなあ……

「……もじもじしてたら、ホントにお手洗い行きたくなって来ちゃったから、行ってくるね」

そう言って、フェっちゃんはたたた、と駆《か》けていく。

「みさととウェボシーは先に行っててよ！」

「あ、うん」

「いってらっしゃい」

「落ち着かない？」

と言ったものの。二人は、ふと思った。

――フェっちゃん、一人で巫女装束、着直し出来るのかなあ……

「ふぇえええええ!? これどーやって着るのー!?」

――ああ、やっぱり。

――フェっちゃんだなあ。


きりきりきりー。

きりきりきりー。

「けどさー、バイト巫女って言ったらさ、普通《ふつう》、おみくじ売ったりとか、お酒配ったりするって思うじゃん？」

「御神酒《おみき》、ね」

「細かいなあ、みさとはー。

まあ、普通は、そういうもんだって思うじゃん？」

「まあ、確かに、わたしもそう思ってたわ」

「でしょ？ そーでしょ？」

とかなんとか、ウェボシーとみさとは、おしゃべりしてた。

「ふぇええ、二人とも手伝ってよー！」

一人忙《いそが》しそうにしているフェっちゃんが、助けを求めるので、やれやれと、二人は再び仕事に戻《もど》った。

ねじを、巻く仕事に。

きりきりきりー。

きりきりきりー。

鳥居の下に（本当に真下だ）、地面と垂直方向に突《つ》き刺《さ》さったねじがある。子供の背丈《せたけ》ほどもある、巨大なねじだ。

そのねじを、ぐるぐると、押して回しているのである。

きりきりきりー。

きりきりきりー。

これがこの『ねじ祭り』のメインイベント、らしい。

らしい、というのは、そんなのみさともウェボシーもフェっちゃんも聞いたことなかったし、第一、観衆が一人もいないメインイベントって……

──なんなの、これ……？
　正直、三人とも、そう思った。
　思ったが、それを口に出したら、いろいろ負けなような気がして、口に出せなかった。
「それ巻けー！　やれ巻けー！」
　それに、観衆はいないが、神主《かんぬし》さんが一人、応援《おうえん》だけしている。
　しかも、なんか変な動き付きだ。
『それ巻けー！』の『それ』のところで、腰《こし》をくいっと左に突き出し、『巻けー！』のところで両手を上に突き上げる。
『やれ巻けー！』の『やれ』のところで、突き上げた両手を素早《すばや》く下ろし、『巻けー！』のところで腰をぐるっと一回転させ、戻す。
　その繰《く》り返しである。
　擬音《ぎおん》で表すと、
　くねっ
　ずんっ
　ばっ
　くにゅんぽん！

である。

「それ巻けー《くねっずんっ》！　やれ巻けー《ばっくにゅんぽん》！」

嫌《いや》な動きである。

そんな嫌な動きをなるべく見ないようにして、三人は、ねじを回していた。疲《つか》れたら、誰《だれ》か一人でも回し続けていればいいから、自由に休憩《きゅうけい》していいということになっている。神主さん曰《いわ》く、回し続けることに意味があるらしい。

——じゃあ、ご自分で回しててていただけないでしょうか？

そう思わずにはいられないが、どうやらそれでは、バイト代がもらえないようである。

きりきりきりー。

きりきりー。

「……あとどれくらい回せばいいのかしらねー」

「……神主さんが踊《おど》り疲れるまでじゃない？」

「ふぇえええ！」

きりきりきりー。

きりきりきりー。

「それ巻けー！　やれ巻けー！」

なんかもう、嫌になってきた……そのとき。

「ほう、今年もやっておるな、神主殿《どの》」

「それ巻……おお、笹原のせがれではないか」

――しゃ、しゃしゃしゃしゃしゃっ、笹原《しゃしゃはりゃ》ーっ!?

颯爽《さっそう》と現れたのは、いつものようにヤギに乗った、笹原幸治郎であった。どうやら、神主さんとは顔見知りのようだ。

「相変わらず、ヤギか。境内《けいだい》に乗り付けるなといっとるだろうが」

「おっと、これは失礼した。相変わらずの腰のキレに、つい、な」

「あたりまえじゃ。まだまだ若いもんには負けんわい」

ヤギを降りた笹原と神主さんは、朗らかに話をしていたが。

「む？　そこにいるのは、巫女《みこ》の格好をした立花みさとではないか」

「ぎゃあああああああああああああああああああああああっ！」

ねじの後ろに、隠《かく》れよう隠れようとしていたみさとは、悲鳴なのか雄叫《おたけ》びなのか区別しにくい声を上げた。

その悲鳴（もしくは雄叫び）とともに、巫女装束の緋袴《ひのはかま》が翻《ひるがえ》り……ころんころんと、丸い何かが落ちてきた。

一個十四オンス（三百九十七グラム）の丸いやつ《アップル・グレネード》。アメリカ陸軍正式採用のＭ67破片手榴《はへんしゅりゅう》弾《だん》である。

「なに見てんのよ⁉　ってか、何しに来たのよーっ⁉」

拾い上げて、投擲《とうてき》！

かこーんっ！

Ｍ67破片手榴弾は、安全クリップを外した上で安全ピンを抜《ぬ》き、さらに安全レバーを外さなければ爆発《ばくはつ》はしない、大変安全な一個十四オンス《三百九十七グラム》の手榴弾《アップル》である。

それが、安全クリップもついた状態で、笹原の額に命中した。

「ぬおっ」

その場に卒倒《そっとう》する笹原。

「な、なんであんたなんかが、ここにいるのよ！」

ぜーぜー、と顔を真っ赤にしてみさとが叫《さけ》ぶと、笹原はむくりと起き上がって、

「それはこちらの台詞《せりふ》だな、立花みさとよ。どうしてねじ神社の祭礼に参加しているのだ？」

それを見たウェボシーは、

──うわ、今のでも平気なんだ。

と感心したが……同時に、

──あらら、こりゃー面白《おもしろ》いことになってきましたよー？

なんて、野次馬根性《やじうまこんじょう》も芽生えてきた。

「たっ、ただのバイトよっ！」

「ふむ……」

「な、なによっ」

「いや。そういう姿も、良いなと思ってな」

「〜〜〜〜〜〜〜〜〜〜〜〜〜〜〜〜〜〜〜〜〜〜〜〜〜〜〜〜！」

もはや声にもならない悲鳴を上げて、みさとは白衣《はくい》の袖《そで》を振《ふ》った。袖には切り込みが入っているので、本来なにも入っているはずはないのに……ごとん、とスコップが出てきた。

顔を真っ赤にしたみさとは、そのスコップを、素早《すばや》く三つに分解し、組み立て直す。

するとそこには、口径三十七ミリの、軽迫撃砲《はくげきほう》が！

そう。これこそ、第二次世界大戦時にソヴィエト軍が使用した、三十七ミリ軽迫撃砲である。

『普段《ふだん》はスコップとして持ち歩き、必要なときには一人で使える迫撃砲』として開発された、便利そうだが本当に手渡《てわた》されたらリアクションにすごく困る携帯《けいたい》兵器である。

顔が真っ赤なままのみさとが、地面におかれた軽迫撃砲の筒《つつ》に、すとんと砲弾《ほうだん》を落とし込むと……ひゅぽっ！　という音とともに、砲弾が天高く飛び上がる。

砲弾は放物線を描《えが》き……ひるるるるっ！

ぼうん、と、ぼうん、の間のような音を上げて、笹原に命中した。

もうもうと白煙《はくえん》が上がる中、みさとが悲鳴を上げる。

「なっ、なに言ってんのよっ！　っていうかどこ見てんのよ、えっちっ！」

そう叫びながら、みさとは次々と砲弾を筒に落とし込む。

「まず巫女装束をほめるとか、あんたもしかしてコスプレ趣味《しゅみ》があるの!?」

すとん、ひゅぽっ、ひるるるるっ、ぽうん！

「これだから演劇部は！　うなじとかじろじろ見ないでよね！」

すとん、ひゅぽっ、ひるるるるっ、ぽうん！

「ほ、褒《ほ》めるなとは言わないけどさっ！」

すとん、ひゅぽっ、ひるるるるっ、ぽうん！

砲弾を落とし込みまくって、手持ちがなくなり、ようやく砲撃は終わった。

「ま、まったく！　なに恥《は》ずかしいこと言うのよ！　せ、セクハラよセクハラ！」

ぽんぽんとほこりを払《はら》い、髪《かみ》をなでつけながら、そっぽを向いてみさとは、そう言い捨てた。

それをねじに隠《かく》れて見ていた、ウェボシーとフェっちゃんは、

——うわあ……なんかうれしそうだー……

ところで、この一連の砲撃で、直撃を受けた神主《かんぬし》さんは気絶してしまっていた。

笹原は、気絶はしていないようだけれど、仰向《あおむ》けに倒《たお》れている。最初の砲弾の直撃で卒倒した、そのままの姿勢だ。

乗ってきたヤギや、それを引いていた執事《しつじ》さんに大事なかったのは、幸いであったが……

「ど、どうしようか」

と、みさと。

「バイト代くださいとは、言えないでしょ」

と、ウェボシー。

「ふぇええ……」

と、フェっちゃん。

仕方ない。三人は、神主さんと笹原を放って、逃《に》げ出したのであった。

日常の「復活」
お

あ

「なのー、おまつりやってるってー！」

「え？　こんな時季に？」

なのが、はかせを連れて買い物に出かけて、その帰り。

電信柱にくくりつけられている看板に、はかせが気づいた。

両手が買い物袋《ぶくろ》でふさがっているなのが、顔だけそちらに向けると、たしかに、お祭りだと書いてある。

『ねじ祭り　開催中《かいさいちゅう》』

「うっ……」

なのの顔が、引きつる。

それと同時に、なのの背中のねじが、きりりり、と半回転した。

「はかせ、おまつり行きたいかも！」

もう、はかせはお祭りに行くつもり満々である。なのだって、普通《ふつう》のお祭りなら、行ってみたい。金魚すくいとか射的とかやってみたい。なぜかお祭りの屋台の中に紛《まぎ》れ込んでいるという刃物《はもの》屋さんに、包丁研《と》ぎ直してもらいたい。

でも、よりによってねじ祭りとか、どういうことなのか。はっきり言って、嫌《いや》な予感しかしない。

きりりり、とまた背中のねじが半回転した。

「ねー、なのー。おまつりー、おまつり行こうよー」

「ううう……」

まあ、もしかすると、普通のお祭りかも知れない。

「わ、わかりました。それじゃあ、ちょっとだけ見ていきましょうか」

普通のお祭りでありますように……

なのは、ひたすらにそう願った。

「なのー！　みてみてー！　おっきなねじー！」

「あああ……普通じゃなかった……どう考えても、普通じゃないよ……」

看板に描《か》かれていた『☜』に従って、なのとはかせが見たものは、大きな鳥居と、その下の地面に突《つ》き刺《さ》さった、巨大《きょだい》なねじであった。

期待していた屋台とかは、見当たらない。お祭りらしさはかけらも見当たらず、ただひたすらに、ねじである。

『ねじ祭り』は、『祭り』の成分が見当たらない、ひたすらに『ねじ』の成分ばかりだ。

また、なのの背中のねじが、きりりり、と半回転した。

帰りたい。もう嫌な予感しかしないので、帰りたい。

「は、はかせ……屋台とかやってないみたいだし、帰りましょうよ」

と、はかせの手を引っ張ろうとすると。

「おおおお……なのー……ねじだよー、おっきなねじだよー、かっこいー……！」

ああ、そうだった。

はかせは、目をきらきらと輝《かがや》かせていた。

はかせは、かわいいからってだけの理由で、背中のねじを取ってくれないんだった。

だめだ。

はかせはねじに夢中だし、帰れない。

なのが、はぁ、とため息をついて……気づいてしまった。

すぐそばに、人が倒《たお》れている。神主《かんぬし》さんだろうか、袴姿《はかますがた》の男の人だ。

ねじのそばに、倒れている人。

ますます嫌な予感しかしない。とはいえ、放っておく訳にもいかない。

両手の買い物袋をその場に置いて、なのは袴姿の男の人に駆《か》け寄った。

「あ、あの、大丈夫《だいじょうぶ》ですか……？」

「う、ううん……」

男の人は、怪我《けが》とかはないようだけれど、なぜか白い粉まみれだ。何か爆発《ばくはつ》でもしたんだろうか。

「うう……み、巫女《みこ》は……バイト巫女たちは……？」

「え？　巫女さん、ですか……？」

きょろきょろとあたりを見回すが、ねじに夢中のはかせ以外には、誰《だれ》も見当たらない。

「ええと……誰もいないみたいですけれども」

「そ、そうか……これでは、祭りが……ねじ祭りが……ねじを回さなければ……！」

正直、ねじ祭りなんて怪《あや》しげなお祭りのことはどうでもいいような気がしたが、それでもなのは、人の良さからたずねてしまった。

「ね、ねじを、回すんですか？」

「ああ、そうだ……ねじを、回さなければ……」

ねじというのは、地面に突き刺さっている、あの大きなねじのことだろう。

あれを回すのが、ねじ祭りだと、そういうことなのだろうとなのは理解した。

——嫌な予感、大当たりしちゃったー！

帰ろう。もう、今すぐ帰ろう。

そう思って、なのがはかせに声を掛《か》けようとすると。

「なのー！　このねじ、まわるよー！　ほらー！」

——回してる！　回しちゃってるよー！

きりきりきりー。

きりきりきりー。

はかせが楽しそうに、ねじを回している。

「あ、あはは……」

きりりり。なのの背中のねじも、半回転する。

「おおっ……そ、それは！」

それを、神主さんに、見られた。

「あっ！　こ、ここここ、これはっ！　違《ちが》うんですっ！　これは違うんですっ！」

「ねじ！　あなたが、伝説に語られた、ねじの少女なのですね！」

「そんな伝説、知りませんから！　っていうか、違うんです！　この背中のは、ええと、その！　違うんですってば！」

「伝説では、こう予言されておるのです！『ねじを背負いし少女、復活し、金色の野に降り立つべし』と！」

「ねじじゃないんですってば！　背負ってないんですってば！」

「いやしかし！　その背中のねじは、間違いなく伝説のねじ！」

「違いますー！　これは！　このねじは、はかせが取ってくれないだけなんです！」

「やっぱりねじなのですな！」

「あああああっ、ち、違いますー！　って、ねじには違いないかも知れないけど、伝説とかそういうんじゃなくって！」

「やはり！　ねじ！」

あわあわ、となのが違うと意思表示しようとしているところに、神主さんは、すっくと立ち上がって、怪しげな動きを始めた。

「それ巻け《くねっずんっ》ー！　やれ巻け《ばっくにゅんぽん》ー！」

さっきまで気絶していたはずなのに、実にいきいきとした動きで。

「ひいいっ、なんなんですかー、その踊《おど》りはー!?」

「これはっ！　伝説のっ！　ねじのっ！　少女復活をっ！　祈願《きがん》するっ！　舞《まい》っ！　なのです！」

そう説明しながらも、神主さんの動きは止まらない。

くねっ
ずんっ
ばっ
くにゅんぽん！

「ひいいいい……」

なのの腰《こし》が、抜《ぬ》けそうになる。

なんというか、怖《こわ》い。動きそのものも怖いが、これが、ねじのための動きというのが、怖い。

ゴキブリをお椀《わん》で捕《つか》まえたときと同じくらい、怖い。

——に、逃《に》げなきゃ！　とにかく逃げないと、大変なことになるような気がする！

「は、はかせっ！　帰りましょう！」

と、なのがはかせの方を見ると。

「なのー……ねじ、とれちゃったー」

地面に転がっている、巨大《きょだい》なねじが！

——ロックンロール！

かくーんと、なののあごが落ちる。

「おおおおおっ！　ねじがとれた！　いよいよ、大ねじ様の、復活じゃあああああ！」

——大ねじ様、ってナニー!?

きりりりり。きりりりり、ん。

あまりの衝撃《しょうげき》に、なのの背中のねじが一回転する。

「おおおおっ、ねじの少女のねじも、一回転しおったー！　大ねじ様だけでなく、『ねじねじの黄昏《たそがれ》』が始まるというのかー！」

——なにその黄昏⁉　もう勘弁《かんべん》してー！

「ねー、なのー、どうしようー？」

「おおおおおおっ！」

きりりり。きりりり、ん。

「おおおおおおっ！」

「ねー、なのってばー、ねー」

きりりり。きりりり、ん。

「ねじとかもう勘弁してくださいー！　ねじとわたしは、関係ないですー！　ノー・リレーションシップ！　ノー・関係なんですーっ！」

きりりり。きりりり、ん。

日常の「バス」

バス停でみおが立っていると、どこからともなく、きりきりー、とねじを巻く音がした。

「あー……そういえば、今日は『ねじ祭り』の日だっけか」

一週間ほど前、大学生の姉に……

――みお、ちょうど良かった。来週ね、すっごくいいバイトがあるんだけど。

とか言われたのだ。

――……大福屋さんのバイトじゃないでしょうね、お姉《ねえ》？

確認《かくにん》はしなくちゃいけない。一日一万円につられて行った大福フェアのバイトでは、とんでもない目にあったんだから。っていうか、あれ、やっぱりどう考えてもフェアじゃねえよ！

――あれほどいいバイトじゃないけどねー。

ちょっと待てっ！　あれより落ちるバイトなの⁉

――遠慮《えんりょ》しとく。

即答《そくとう》した。『大福フェア』よりも落ちるバイトって、そりゃもうとんでもない予感しかしやしない。

――えー、大丈夫《だいじょうぶ》だよー。神社の巫女《みこ》さんのバイトだからー。巫女さんコスプレ出来るよー？

み、巫女さんかあ。それなら大丈夫、かなあ。

——ただね、三人欲しい、って言われてるんだ。みおの友達で、なんとかならないかなあ？

三人。まあ、ゆっこと麻衣ちゃんに聞いてみるか。バイト巫女ならゆっこはやりたがるだろうし、麻衣ちゃんもあれだけ仏様好きなんだから、神様だっていけるよね。

——んー、わかった。じゃあ聞いてみるね。

……というようなやりとりがあったのだが、結局ゆっこも麻衣ちゃんも都合が合わなくて、バイト巫女の話は断ったのだ。

「いいネタの取材になったかも知れないけど、まあ仕方ないよね」

巫女さんの衣装……巫女装束は、あれでなかなか絵に描《か》きにくい。いわゆる着物とは構造が違《ちが》うところがあるし、いわゆる『巫女もの同人誌』でもインチキ巫女装束になっていることが多い。『それはそれで！』という意見もあるけれども、せっかく着るチャンスがあるのなら、実際に着た方が、リアリティがあるはずだ。

それに、普段《ふだん》なかなか見ることのない、神主《かんぬし》さんを間近にみるチャンスでもある。

そう、神主さん！

かんぬしさん！

KAN　NUSHI　SAN！

なんていい響《ひび》きなんだろう！

そ、それに、もしかすると……もしかすると！

神主さん（先輩《せんぱい》）×神主さん（後輩《こうはい》）とかあるかもしれない！

その瞬間《しゅんかん》、みおの脳裏《のうり》にビシィッ、と映像が再現された。

神主さん（先輩）が「なんだもうこんなにしやがって」とか言ったり、神主さん（後輩）が「や、やめてくださいせんぱいぃ……」とか言っていたりする、そういう映像である。

いやいや、わたしのはあくまでドリームだけど！　男たちの宴《うたげ》だけど！

でも、ひょっとすると……ひょっとすると！

神主さん（後輩）×神主さん（先輩）とかあったらどうしよう！

その瞬間、みおの脳裏にバシィッ、と映像が再現された。

神主さん（後輩）が「初めて見た日からずっと……！」とか言ったり、神主さん（先輩）が「わかったよ……だったら来いよ……」とか言っていたりする、そういう映像である。

いやいや、わたしのはあくまで幻想《げんそう》だけど！　ジャッジメント・デイだけど！

――おちつけ、わたし。

みおは、ふー、と深呼吸をして、一瞬《いっしゅん》トビかけた妄想《もうそう》を振《ふ》り払《はら》っ……う前に、とりあえず鞄《かばん》の中のネタ帳に今の男たちの宴やジャッジメント・デイを走り書きした。そのあとで、改めて妄想を振り払う。

まあとにかく。結局巫女さんのバイトは断ったのだ。そのあとで、バイトを募集《ぼしゅう》しているのがねじ神社だと聞いて、やっぱり断って良かったなあ、としみじみ思った。

いや、だって、ねじ神社だし。なんかすっごくあやしいし。

そんなことを考えていると、バスがやってきた。

今日は図書館に行ったり本屋に行ったり、背景絵の資料にするためにあちこちを写真に撮《と》ろうと思っているのだ。そのために、ちょっと遠出をしてみよう……と考えて、バスに乗ることにした。

——それにしても、お姉の持ってくる『いいバイト』の話って、ロクなもんじゃないことが多いよね。

『大福フェア』はその中でも一番ひどかったけど、ほかにもロクでもなさそうなのが一杯《いっぱい》だ。

バイト巫女の話の前に持ってきたのは『どこかのアニメの主題歌にあわせて踊《おど》るバイト（出来れば制服で）』だった。めちゃくちゃ怪《あや》しいので、即座《そくざ》に断ったけど。

その前は『どこかのアニメのエンディング曲にあわせて歩くバイト（出来れば制服で）』だった。なんかアニメがらみ、多くない？　あと、括弧《かっこ》の中身が怪しすぎ。

なんて考えながら、バスに乗り込む。後乗り前降りなので、後ろのドアから乗り込んで、整理券を取……

整理券の機械から出てきたのは、ガムだった。

板の、ガム。

——お口の恋人《こいびと》ってどうよ!?

ガムを取ると、包装紙に整理券番号が印刷されていた。

——ってことは、これやっぱり整理券なわけ!?

何か、嫌《いや》な予感がする。

はっきりと言葉には出来ないけれど、すごく、嫌な、予感が、する。

その嫌な予感はなんなのか。具体的な言葉は思い浮《う》かばず……とりあえず、みおは席に座ることにした。

乗車口から見て、右側がバスの後部、左側が前部になる。見渡《みわた》したところ、前の方におばあさん、後ろの方に中学生らしいカップル。

カップルは『とりあえず並んで座ってみたものの、実は人生初めてのデートなんです』と言わんばかりに、ガチガチに緊張《きんちょう》しているのがわかった。

おばあさんの方は、うつらうつらとしているように見える。膝《ひざ》の上には、何か荷物があるようにも見えるけど、それが何かまでは、ここからでは見えない。

──まあ、カップルのお邪魔《じゃま》しちゃ悪いし、前の方に座ろうかな。

と、おばあさんの隣《となり》の席に座ろうとしたときに。みおは見てしまった。

──おばあさん、空気椅子《いす》だー!?

ななな、何で空気椅子なの!? って言うか、どう見ても居眠《いねむ》りしてるよねおばあさん! 空気椅子のまま、居眠りできるものなの!?

動揺《どうよう》を隠《かく》せない。ガクガク震《ふる》えながら、みおは腰掛《こしか》けようとして、そのときに。

また見てしまった。

——荷物かと思ったら、湯気が出てる……あれ……ワンタン麺《めん》だー!?

どどど、どうしてワンタン麺《めん》膝《ひざ》の上に載《の》せてるの!?　ほかほか湯気上がってるよ!?　っていうかおばあさんあれどうするつもりなの!?

いったい何がこのバスに起こっているのか。よくわからないまま、席に座り、そのときに。

またもや、見てしまった。

——利休箸《ばし》!?　ワンタン麺の上に載《の》ってるの、利休箸!?

……いやいや。ワンタン麺にお箸が添《そ》えてあるの『だけを見れば』普通《ふつう》じゃん……落ち着けわたし。焦《あせ》るなわたし。ガムとか空気椅子とかワンタン麺とか利休箸とか、きっと気のせいよ、うんきっとそう。

目を閉じて、深呼吸したあとに、もう一度目を開いたら、きっと消えているはずよ。

さあ、目を閉じて。

大きく、深呼吸……

——あー、ワンタン麵のおいしそうな香《かお》りがするわー。

ダメだよっ、幻覚《げんかく》じゃないよっ、真実だよリアルだよっ！

何でかわかんないけど、整理券はガムだし、おばあさんは空気椅子だし、膝の上にはワンタン麵と利休箸だよっ！　どーなってんの、このバス⁉

と、心の中で魂《たましい》の叫《さけ》びを上げたときに、バスの自動音声案内が流れてきた。

『次は　　　　どこだっけ』

——何で自動音声でそんなの流れんのよっ⁉　ミステリーツアーかよ⁉　そんなサプライズはいらないよ！

『ここはどこ？』

——運転手さんに聞いてよぉ！　っていうか、普通に県道の交差点だよ！

『わたしはだれ？』

――ええそうだね！　記憶喪失《きおくそうしつ》ものならその台詞《せりふ》はお約束だよね！……って、自動音声に記憶《きおく》もなにもないでしょうがっ！

ツッコミ疲《つか》れたみおが、なんかもうこのバスおかしいよ、早く降りよう、と停車ボタンを押すと。

『次、止まりました』

――止まってないよ！　まだ止まってないから！　何で過去形なの!?　せめて現在進行形にしてよ！『ｉｎｇ』とか『なう』とか！

目的地にはまだほど遠いけれど、とにかく降りよう。

バスが止まり、運賃箱に料金入れて……少し悩《なや》んでから、整理券として出てきたガムも、入れた。

「ありあっしたー」

運転手さんがそんなことを言ったような気がする。いやもうどうでもいい、とにかくこのバスから、降りよう。

と、降りて、バスのドアが閉まって、ぷしゅーと発車していってから、気づいた。

「あ……鞄《かばん》……忘れた」

バスは走っていく。

あの鞄には、ネタ帳を入れたまんまだ。

男たちの宴《うたげ》とか、ジャッジメント・デイとかが。

そのバスが、走っていく。遠くへ。遠くへ。どこか遠くへ。


「そっ、そのバスっ、待ったあああああああああっ！」


みおは迷わず、駆《か》けだした。

さあ、命を燃やせ。

あとがき

ども、椎出啓《しいでけい》です。『日常の小説』いかがでしたでしょうか。漫画《まんが》やアニメの合間にあったかも知れない『日常』を、お楽しみいただけたなら幸いです。

なぜ私がこのノベライズを担当することになったのか……はいろいろありすぎて、ちょっと書き切れそうにありません。また何かの機会にでも。ただ一つ言えることは……『エイプリルフールのウソもほどほどに』という貴重な教訓を得た、ということです。ええ。ああもう。

ちょいと窮屈《きゅうくつ》ですが、謝辞を。備前伸光《びぜんのぶみつ》、鷹見一幸《たかみかずゆき》、銅大《あかがねだい》、西上柾《にしがみまさき》の諸兄に。あなたたちのおかげで（せいで？）今の私がいます。角川スニーカー文庫編集部の皆様《みなさま》、特に担当の山口様。身に余る光栄のあまり、禿《は》げるかと思いました。書くのが遅《おそ》くて相済みません。友人たちへ。これからも飽《あ》きずに友人してやってください。そして、古谷俊一《ふるたにしゅんいち》氏へ。ちょっと間に合いませんでした。あなたは急ぎすぎです。本以外のお供えは、何が良いですか。

さて、紙幅《しふく》も尽《つ》きましたので。

幸いにして次がありましたなら、またお会いしましょう。

二〇一一年六月、椎出啓。

日常《にちじょう》の小《しょう》説《せつ》

著:椎出《しいで》啓《けい》

原作:あらゐけいいち

角川文庫 16954

平成二十三年八月 一 日 初版発行
平成二十四年五月二十日 十二版発行

発行者―井上伸一郎
発行所―株式会社角川書店
東京都千代田区富士見二―十三―三
電話・編集 (〇三)三二三八―八六九四
〒一〇二―八〇七八
発売元―株式会社角川グループパブリッシング
東京都千代田区富士見二―十三―三
電話・営業 (〇三)三二三八―八五二一
〒一〇二―八一七七
http://www.kadokawa.co.jp

印刷所―旭印刷 製本所―BBC
装幀者―杉浦康平

落丁・乱丁本は角川グループ受注センター読者係にお送りください。送料は小社負担でお取り替えいたします。

定価はカバーに明記してあります。

S 236-1 ISBN978-4-04-474841-8 C0193